KB025666

사계절
스스로
꾸준히

사계절

스스로

꾸준히

여러분이
주인공입니다

가끔 절 주변을 산책하다 보면 만나는 분들이 저에게 묻습니다.

"스님, 스님 생활은 어떠세요?"

"스님은 스트레스가 없으시지요?"

그럼 저는 이렇게 대답합니다.

"네, 저는 스님 생활이 마냥 즐겁습니다."

스트레스는 누구에게나 오는 것입니다. 그 스트레스에 얽매이지 않으면 도인이요, 스트레스에 얽매이면 중생입니다. 솔직히 저도 마냥 즐거운 날만 있는 것은 아닙니다. 그렇지만 즐겁게 사는 것도 내 몫, 즐겁지 못하게 사는 것도 내 몫이기에 긍정적으로 즐겁게 살고자 하는 겁니다.

어디를 가나 시빗거리가 없는 세상은 없습니다. 이 시빗거리를 모두 다 해결할 수 있는 사람도 없습니다. 그러나 연기법緣起法에 따라 이를 인과응보因果應報로 받아들이고 괴로움을 없애려 하는 것이지요. 우리는 지혜로 시비를 분명히 가리고, 시비의 충돌은 최소한 줄일 줄 알아 시비로 인하여 나아갈 길이 막혀서는 안 됩니다. 또 그러려니 하고 내려놓는 연습이 중요합니다.

이것이 세상의 고통에서 벗어나는 길이며, 내가 주인공이 되어 주변을 바르게 만들 방법입니다. 이것을 부처님께서는 한 파도의 작은 움직임이 모든 파도를 따르게 한다는 일파자동만파수一波纔動萬波隨라고 말씀하셨습니다. 한 세상 살아가는데 주인공으로 살아갈 것인가, 방청객으로 살아갈 것인가는 개인 각자의 몫입니다.

이 책은 이 지구라는 법계에서 함께 사는 한 사람으로서 서로가 존중하며 주인공으로 살아가길 바라는 마음에서 이루어졌습니다. 이 책을 읽고 한 분이라도 도움이 된다면 저는 그저 감사할 따름입니다.

석초 합장

목차

여름

진실한 마음은 밝히지 않아도 진실입니다

하늘과 땅이
만나는 날

비가 슬며시 내리다 소리를 내며 오고 있습니다. 절 마당에서 조용히 부딪치는 빗소리처럼 마음을 은은하게 하는 것이 또 있을까요?

저는 비를 좋아합니다. 우선 비로 인하여 하늘과 땅이 이어지니 이때가 하늘과 땅이 만나는 경이로운 날입니다. 또 낮에도 약간의 어둠이 깃드는 모습은 새로운 분위기를 만들어 주니 좋습니다. 들뜨는 마음도 차분히 적셔 주어 명상이 저절로 됩니다.

봄비는 새로운 새싹들이 올라올 때 힘을 주는 비이며, 여름비는 갈증을 없애주며 더욱 실하게 꽃과 열매를 맺게 해주는 비이고, 가을비는 꽃과 열매들에게 '크느라 애썼다'고 말해주는 비 같고, 겨울비는 '이제 조금은 쉬고 내년을 준비하라'고 말하는 비인 듯합니다.

이런 날 커피와 함께하면 비가 커피향을 더 깊게 해줍니다. 행복은 결코 멀리 있지 않습니다. 나와 더불어 주변과 조화를 이루면 그것으로 족합니다. 바깥에서 우리 절 강아지 진달래도 즐겁게 뛰놀고 있습니다. 자연 목욕을 즐기는 시간이라 그러한가 봅니다. 비와 땅처럼 서로 서로가 토닥거리고 힘을 줄 수 있는 그런 삶을 살아갔으면 좋겠습니다.

가정이 극락이고
천국이 되려면

하늘나라는 하늘에 있지 않고 마음에 있다고 누가복음에서는 전하고, 마음이 극락이요, 부처라고 불경에서는 말합니다. 기독교의 누가복음을 보면 하늘나라는 내 안에 있다고 했습니다. 불교에서는 마음을 깨치면 그대로 극락이라 했습니다. 이와 같기에 아내가 사랑하는 남편에게 자신을 버리고, 남편이 사랑하는 아내에게 자신을 버렸으면, 서로 나도 없고 너도 없는 사랑에 이르게 됩니다.

그러면 온 집안이 하늘나라이고, 온 집안이 극락세계입니다. 그러므로 나를 버린 남편과 나를 버린 아내가 있는 집은 사랑한다는 말도 필요 없는 거지요. 그냥 그대로 사랑이니까요. 결국은 나를 버려야 사랑하는 네가 오는 겁니다.

물음표, 느낌표,
마침표, 쉼표

물음표(?)가 없는 인생은 발전이 없고,

느낌표(!)가 없는 인생은 목석과 같고,

마침표(.)가 없는 인생은 마무리가 없고,

쉼표(,)가 없는 인생은 허구한 날 허덕거립니다.

문장부호만 잘 보아도 인생은 저절로 조율됩니다.

경을 읽고
법문을 듣는 자세

진리가 아닌 것에 길들어져 있는 사람들에게 진리를 맞추려 하면 진리와 그 사람들은 하나가 될 수 없습니다. 그런데도 하나가 될 수 없는 것의 원인이 본인에게 있음을 알지 못하고 오히려 진리를 탓합니다.

내 사견으로 진리를 보면, 진리를 제대로 볼 수 없음이요, 내가 진리에 맞추다 보면 언젠가는 진리가 보입니다. 이 진리에 나를 맞추는 도구가 바로 경전이며, 이 경전의 내용을 전하고 듣는 것이 법문입니다.

사람들은 종종 경전을 보거나 법문을 들으면서 자신이 아는 구절을 보고 듣게 되면 "맞아, 그렇지. 나도 아는 구절이야.", "오늘 법문은 내가 그전에 다 들었던 법문이야." 라는 말을 하는 경우가 있습니다. 그러나 그 경전의 내용을 다시 읽어보거나 또는 그 법문을 다시 듣게 되더라도 그동안 자신이 부처님의 말씀과 법문에 맞게 올바르게 살아왔는지를 돌이켜 보는 경우는 많지 않습니다.

귀와 입이 고급이 되는 것보다 행동이 고급이 되어야 합니다. 세상에서 가장 아름다운 행은 소리 없이 행하는 선행에 있습니다. 소리없는 선행을 할 때 우리의 귀와 입은 아름답게 승화될 것입니다.

마음이라는
것이

마음은 크지도 작지도 않은데

쓰는 이에 따라 우주를 싸기도 하고

바늘귀보다 작기도 하고

마음은 뜨겁지도 차갑지도 않은데

불보다 뜨겁기도 하고 얼음보다 차갑기도 하고

마음은 깨끗하지도 더럽지도 않은데

쓰는 이에 따라 이슬보다 깨끗하기도 하고

똥보다 더럽기도 하고

마음은 빠르지도 느리지도 않은데

햇빛보다 빠르기도 하고 거북이보다 느리기도 하고

마음은 검지도 희지도 않은데

쓰는 이에 따라 흑칠보다 검기도 하고

눈보다 하얗기도 하고

마음은 달지도 쓰지도 않는데

꿀보다 달기도 하고
탕약보다 쓰기도 합니다.

이와 같기에 어제의 내 마음이 오늘의 나를 창조한 창조주
이고, 오늘의 내 마음이 내일의 나를 창조할 창조주입니다.
어제는 지나간 오늘, 현재는 그대로 오늘, 내일은 다가올 오
늘, 결국은 늘 새로운 오늘. 창조주는 오늘 여기에 계신 여
러분입니다.

사계절 스스로 꾸준히

물 같은
존재

흔히 법을 얘기할 때 물이 가는 길을 표본으로 삼는다고 말합니다. 대표적인 물의 비유는 '부부 싸움은 칼로 물 베기'입니다. 그렇습니다. 칼로 물을 베려 해 봤자 칼만 담가지지 물이 베어지겠습니까? 물이 그렇다고 칼날처럼 날카롭고 칼날을 만든 쇠처럼 단단하기라도 하단 말입니까?

하지만, 물은 모든 만물을 생성시키고 늘 아래로만 흐릅니다. 그리고 자기를 가로막는 돌멩이를 비롯한 나무, 풀 등을 모두 씻으면서 비켜 내려갑니다. 이것은 하심下心의 큰 힘입니다.

가끔 방송에서 자기를 내세우지 않고 이웃을 위해 희생하고 도움을 주신 분들을 소금과 빛이라는 표현을 많이 합니다. 하지만 저는 하심 하며 자신보다 남을 먼저 배려하는 삶을 멋들어지게 사시는 분들을 보면 물 같은 존재라고 말하고 싶습니다.

성질과 판단력과
지혜

판단력은 좋으나,

성질이 급하면 일이 그릇되기 쉽고,

판단력도 둔하고,

성질이 급하면 어딜 가나 문제가 되며,

판단력이 둔하더라도 성질이 느긋하면 보통은 됩니다.

그러나 판단력도 좋고 성질도 느긋하면,

어딜 가나 대우를 받습니다.

사람들은 어리석은 사람을 보면 지혜가 없다고 합니다. 그러나, 제가 보기에 실은 지혜가 없는 것이 아니라, 본래 가지고 있는 지혜를 못 찾아서 그렇습니다. 지혜는 성질을 다스리는 것에서 시작됩니다. 성질은 생각과도 연관되어 지혜로 전환시킵니다. 그러기에 성질을 다스리는 것은 생각을 잘 다듬는다고 표현해도 틀린 것은 아닙니다.

사계절 스스로 꾸준히

금과 쇠는 다른 성분이 있는 것을 깎고 두들겨야만 얻을 수 있습니다. 여러 가지 성질의 돌가루가 섞인 금덩어리가 길거리에 있어도 알아보지 못하고, 다듬지 않은 쇳덩어리가 그냥 굴러다닌다면 그냥 돌덩어리에 불과할 것입니다. 우리의 지혜도 찾지 못하고 그냥 어리석게 살아가는 삶은 돌덩어리의 삶을 사는 것과 같습니다. 여러 가지 성분이 섞여 있는 돌덩이를 깎고 두들겨서 금과 쇠를 찾아내듯 자신의 성질을 잘 다스려 생각을 다듬는다면 우리의 지혜는 저절로 나오게 될 것입니다.

결국은
마음 쓰기 나름

돈에도 눈이 달렸다고 예로부터 어른들께서 하시는 말이 있습니다. 진실한 부자들의 특징은 검소하고 근면합니다. 검소하다고 하여 쓰지 않는 것은 아닙니다. 검소는 쓸데없는 사치가 아니며, 쓸 때를 잘 아는 것입니다. 쓸 때 잘 쓰면 벌 때도 잘 벌 것입니다.

　명심보감에 보면 근면은 값을 정할 수 없는 보배와 같다고 했습니다. 근면하여 정당하게 번 돈은 잘 쓸 수밖에 없습니다. 자녀교육도 마찬가지입니다. 미련하다고만 하면 기가 죽고, 영리하다고만 하면 거만해지기 쉬우니, 노력이 성공으로 이끈다고 가르치면 좋습니다. 둔한 것은 노력하면 되지만, 나 잘났다는 생각은 정신병보다 더 위험할 수 있습니다. 그러므로 겸손도 아기 때부터 가르쳐야 하고, 자만과 교만도 아기 때부터 잡아 주어야 합니다.

두려워도
도전하는 용기

무슨 일을 함에 있어 나의 의지도 중요하지만 응원해 주는 주변의 지인이 있어서 힘이 납니다. 때로는 나를 불편하게 하는 사람도 있지만, 한마음 더 굳게 먹으면 이러한 분들도 나를 단련시켜주는 고마운 분들이 되지요. 무너짐과 실패가 두려워 도전하지 못하는 사람은 매일 그 자리만 맴돌다 말지만, 두려워도 도전하는 사람은 언젠가는 그 자리보다 더 좋은 곳으로 나아갑니다.

"용기란 두려움 없이 도전하는 것이 아니라, 두려워도 도전할 줄 아는 것입니다."

나태함에 안주함은 바보의 길에 들어서는 길입니다. 힘들지만 끊임없이 도전하는 모습을 보고 어떤 이들은 성공할 수 없는 일에 힘을 뺀다며 말립니다. 하지만 이들은 그저 엑스트라에 불과합니다.

나는 엄연한 주인공입니다. 나태와 정체 속에 편안함은

그 당시는 어떨지 몰라도 언젠가는 낙오자로 몰락하고 맙니다. 내일은 오늘 하기 나름이며, 내년은 올해 하기 나름이며, 모든 것은 지금 하기 나름입니다. 하다 보면 넘어지기도 하고, 엎어지기도 합니다. 하지만 일어서면 되고, 다시 뒤집으면 되는 것이지요.

마음씨

살다 보면 한 대 '톡'하고 때려 주고 싶은 사람들이 있습니다. 사람이 눈치는 없어도 염치는 있어야 하는데 말입니다. 염치없는 사람들을 보면 나도 모르게 흉을 보게 됩니다. 그런데 흉을 보다 보면 나도 모르게 그런 사람들을 닮아 가기도 합니다.

마치 시어머니가 며느리에게 독하게 시집살이를 시켰는데, 그 며느리가 시어머니가 되어 자신의 며느리 시절은 잊어버리고, 독한 시어머니가 되는 것과 같습니다. 술 드시고 주사 부리던 아버지를 미워하던 아들이 어른이 되어, 아버지를 닮아가기도 합니다. 말 더듬는 친구를 흉보던 친구가 자기도 모르게 말을 더듬는 경우도 있지요.

이러한 것들이 흉보면서 닮아 가는 현상입니다. 그러다 보면 흉보던 내가 '흉'이 되어버립니다. 사과를 심으면 사과가 열립니다. 씨가 사과이기 때문입니다. 감자 씨를 심으면 감자가 열립니다. 호박씨를 심으면 호박이 열립니다. 장미를 심으면 장미꽃이 핍니다. 코스모스씨는 코스모스꽃을 피웁니다.

식물과 동물들은 씨대로 생성됩니다. 하지만 유일하게 마음씨는 정해진 씨가 없습니다. 마음 쓰기 나름입니다. 염치가 없는 사람도 마음에 정해진 씨가 없기로는 마찬가지입니다. 정해진 씨가 없는데, 정한 것은 당연히 나였습니다. 그래서 순간순간 나를 살펴야 합니다. 잘못된 것을 판단하는 나는 괜찮지만, 잘못된 것을 따라가는 나는 되지 말아야 합니다.

어딜 가나 좋은 분, 보통인 분, 나쁜 분은 나와 인연 속의 관계든 나와 직접 접하지 않은 들려오는 소리와 매스컴으로 아는 관계든 다 존재합니다. 하지만 이러한 관계 속에서도 나는 진실하게 살아야 합니다. 세계 공통어는 영어도 아니고, 중국어도 아니고, 한국어도 아닙니다. 바로 진실입니다. 진실은 어느 곳이나 통하지 않은 곳이 없으니까요.

가장 좋은 기도

가끔 기도하러 오시는 분들과 차담을 나누는 경우가 있습니다. 그럼 저는 그분들에게 어떤 기도를 하러 오셨는지 묻습니다. 대부분이 가족 기도입니다.

"우리 가족이 건강하게, 남편 사업이 번창하게, 아들이 원하는 대학에 합격하게, 우리 딸이 좋은 직장에 다니게 해달라고 기도하러 왔어요."

그럼 저는 우스갯소리로 "맡겨 놓은 것도 없는데 우리는 부처님께 달라고만 하니 부처님의 소원성취 창고가 텅텅 비는 것은 아닌지 모르겠어요."라고 말합니다.

사실 이런 기도가 현실 세계에서는 당연한 발원기도입니다. 하지만 이보다 더 원대하며 모든 것이 이루어질 수 있는 좋은 기도가 있습니다. 그것은 바로 "제가 늘 베풀 수 있게 해주십시오."라는 기도입니다. 베풀 수 있다는 것은 내가 무언가 있어야 하는 것 아니겠습니까? 그러기에 늘 베풀 수 있는 내가 되는 것은 우선 나에게 가장 좋습니다.

사람들의 성품을 자세히 살펴보면, 될 수 있는 한 뭐든 주기를 좋아하는 사람, 준 만큼 받으려는 사람, 주로 받기만 하려는 사람, 마지막으로 얻어먹으면서 큰소리치는 사람이 있습니다. 주기를 좋아하는 사람들끼리의 관계는 서로 주어도 마음속에 주고받는 마음이 없기에 결국 주고받음이 없게 됩니다. 그렇기에 결국은 주어도 남는 삶이 됩니다.

준 만큼 받으려는 사람들끼리의 삶은 서로의 저울질로 마감합니다. 받기만 하는 사람들끼리의 삶은 서로 냉혹하기만 합니다. 마지막으로 얻어먹으면서 큰소리치는 사람들의 삶은 자신의 삶에 대해 의식을 못합니다. 그렇기에 그들의 삶의 모습은 나아지지 않습니다.

의식 못 하고 하는 일이겠지만 본인을 위해서 제일 먼저 삼가해야 할 것입니다. 나만 잘 살면 오히려 불편합니다. 그래서 늘 베풀 수 있게 해달라고 기도하시는 것이 좋은 것입니다. 늘 베풀 수 있다는 것은 늘 채워져 있다는 것이니까요.

얻어먹을 수만 있어도
행복하다

.

어느 복지관에서 노숙자에게 음식을 대접했다고 합니다. 많은 노숙자가 왔더랍니다. 그런데 어느 날부터 노숙자 한 분이 복지관 밥을 얻어 후미진 다리 밑으로 가더랍니다. 매일 그렇게 하는 노숙자의 모습을 보고 복지관 관장님이 그 다리 밑으로 따라가 보았습니다.

가보니 거동이 불편한 또 다른 노숙자분이 있었습니다. 자신도 사연이 있는 노숙자지만 그동안 거동이 불편한 다른 분의 끼니를 챙겨 드시게 한 것입니다. 관장님은 그 모습을 보고 눈물이 고였다고 합니다. 관장님이 "많이 불편하시죠?"라고 물으니 거동이 불편하신 노숙자는 "얻어먹을 수 있는 것만으로도 행복합니다."라며 미소를 지으셨다고 합니다.

하루 열심히 일하고 다리 쭉 뻗고 잠 잘 수 있는 것만으로도 우리는 얼마나 행복한지 생각하게 됩니다.

사랑도 미움도
허깨비

우리는 피어있는 꽃은 예쁘고 깨끗하다고 생각하고, 그 꽃을 피우기 위해 준 거름은 추하고 더럽다고 생각합니다. 하지만 아름답다고 생각한 꽃이 시들면 꽃잎은 떨어지고 그 떨어진 꽃잎은 썩어 거름이 되며, 그 거름은 땅속에서 뿌리와 줄기를 타고 올라와 다시 꽃잎이 됩니다.

사랑과 미움도 마찬가지입니다. 사랑할 땐 못 보면 못 살 것 같고, 미우면 그림자도 보기 싫다고 합니다. 이러한 마음도 실은 실체가 없는 것입니다. 마치 돌 속에는 불이 없는데 돌과 돌이 부딪쳐 불꽃이 일어나는 것과 같습니다.

결국은 실체가 없는 사랑이라는 허깨비와 미움이라는 허깨비에 속은 것뿐입니다. 이렇게 실체가 없는 허깨비에 속은 것을 아는 순간 괴로움에서 벗어납니다. 이것이 반야심경의 원리전도몽상遠離顚倒夢想 즉, '잘못된 몽상을 멀리 여의었다'입니다.

사계절 스스로 꾸준히

잊지 못할
혜조 스님

십여 년 전, 제방 선원을 다니며 안거를 보낼 때 유일하게 연이어 2년 하안거와 동안거를 보낸 곳이 있습니다. 바로 경남 하동 지리산 자락에 있는 칠불사七佛寺입니다. 아자방亞字房으로도 유명한 이곳은 김수로왕의 일곱 왕자가 출가해서 일곱 명 모두 성불하여 이름이 칠불사입니다. 여덟 번째 성불하여 팔불출八佛出이 되고자 들어간 칠불사에서 저는 팔불출은 되지 못했지만, 잊지 못할 도반 스님을 만나게 되었습니다.

당시 칠불사에는 우리나라 불교계의 대강백이자 불교계의 거목이신 통광 큰스님과 노옹 선원장 스님의 가르침 아래 훌륭한 수좌들이 끊임없는 정진을 하고 계셨습니다. 아궁이에 불을 한 번 때면 몇 달 동안 따뜻하다는 기록이 있는 아자방에는 구참 스님들께서 정진하셨고, 아자방을 지나서 더 올라가야 나오는 운상선원雲上禪院에는 저를 포함하여 열다섯 명의 스님이 안거에 들어갔습니다.

운상선원 앞마당에는 조그마한 샘이 있습니다. 절구통 모양으로 깎은 자연석 수각에 모인 물로 차를 우려 마셨는데 워낙 좋은 물이기에 그때의 차 맛은 지금도 잊지 못합니다. 게다가 한국 최고의 바리스타 현정 스님도 계셨습니다. 스님이 내려 주신 원두커피 한 모금은 마치 우리가 가보지 못한 곳을 여행하였을 때 처음 보게 된 풍경처럼 신비롭고 환상적인 맛이었습니다.

그리고, 태극권과 요가의 달인이자 산행의 대가이신 일광 스님도 저에게 좋은 기운과 힘을 주신 분이십니다. 그 외 고마운 스님들을 지금도 잊지 못하지만 가장 기억에 남고 고마운 분은 바로 혜조 스님입니다.

범어사 문중에서 출가하신 혜조 스님은 명문대 출신으로 영어를 비롯한 독어, 일어에도 능통하고, 운동신경이 무척 뛰어났습니다. 그러나 무엇보다 성품이 아주 온화하시고 정진을 쉬지 않고 하신 분입니다.

칠불사의 일과는 새벽 2시 30분에 기상하여 10시간의 정진을 하고 밤 9시에 취침합니다. 오전 11시 30분에서 2시까지가 방선 시간이었는데, 이때 스님들은 운동 삼아 포행을 하거나 지대방에서 쉬기도 합니다. 그런데 혜조 스님은 다른 스님들보다 거의 두배 포행을 하셨는데 취침시간에 이불을 펴 놓으시고는 영어로 된 경전을 한쪽 구석에서 독송하시며 기도를 하셨습니다.

자유로이 정진하거나 스님들끼리 어울려 산행을 할 수 있는 삭발일에도 혜조 스님은 다른 스님들에 비해 거의 2배 이상의 산행을 하시고도 취침시간이 되면 여전히 영어로 된 경전을 조용히 독송하시고 취침에 드셨습니다.

혜조 스님과 저는 서로 미소와 약간의 도담道談(도반들끼리 도에 대해서 주고받는 말)만 있을 뿐 장시간의 대화를 나눈 적은 없습니다. 다만 저로서는 따라갈 수 없는 하루의 일과를 흐트러짐 없이 묵묵히 정진하시는 모습과 성품마저 온화하시기에 누구에게나 존경의 대상이 될 수밖에 없는 분이었습니다.

입제한 지 3개월이 지나 해제날이 다가왔습니다. 보통 해제 3일 전 본인이 덮었던 이불과 좌복(방석) 그리고 각자 밀린 빨래를 하며 주위를 정리합니다. 해제날이 되면 모두가 걸망을 하나 메고 일어서 각자의 길을 갑니다. 수려한 지리산 자락에 있는 칠불사에서 청정한 공기를 머금은 차나무의 모습을 보며 좋은 도반들과 정진한 것은 너무나 아름답고 소중한 추억, 그 자체였습니다.

그 후 가을이 되어 어느 한 날 황혼이 유난히 아름답기에 휴대전화 카메라로 사진을 찍어 혜조 스님에게 전송하였습니다. 답장을 바라며 보낸 것은 아니었으나 이렇다, 저렇다는 답장이 없습니다. 사실 그냥 보고 별말이 없는 것이 스님들의 특징이기도 합니다.

겨울이 되어 다시 칠불사로 동안거를 들어갔습니다. 도착해 보니 혜조 스님도 칠불사에 와 계셨습니다. 표시는 하지 않았지만 얼마나 반갑던지요.

추운 겨울, 떨어진 문풍지를 바르기 위해 풀을 끓이고 있는데 혜조 스님이 따끈하게 우유를 데워 살며시 주고 가십니다. 문 앞을 지날 때는 얼른 문을 열어주시고, 차담을 나눌 때는 손수 과일을 깎아 먼저 내어 주셨습니다. 해제 후에는 서로 왕래도 하며 도담도 나누었습니다. 그리고 다음 해 여름 안거를 다시 한 번 칠불사에서 같이 보내고, 겨울이 되어 저는 통도사 서운암으로, 혜조 스님은 유럽에 있는 국제선원으로 길을 달리하게 되었습니다.

어느 날 점심 공양 후 휴대전화 벨이 울려 보니 혜조 스님이었습니다. "스님 반갑습니다. 유럽생활은 어떠신지요?" 그러자 혜조 스님은 한국에 왔다고 말씀하시기에 깜짝 놀라 그 이유를 물으니 "암이라네요. 앞으로 2주도 못 산대요."

너무 놀라 입이 다물어지지 않았습니다. 안거 중에는 산문 밖을 나갈 수 없다는 규칙이 있었지만 저는 얼른 입승 스님께 말씀드리고, 혜조 스님이 계시는 부산 병원으로 향했습니다. 생이 얼마 남지 않은 상태였지만 스님은 여전히 고고하셨고, 암에 걸린 환자가 아니라 수행이 무르익은 푸른납자(절에서 맑고 청하하고 향기롭게 수행하는 스님)의 모습이었습니다. "스님, 저 대신 정진 열심히 하셔서 꼭 성불하셔요."라는 말씀을 저에게 하셨습니다.

　이것이 스님과의 마지막 만남이었습니다. 스님의 입적 후 당신이 정진하셨던 여러 선원에서 49재를 지냈습니다. 저 역시 한 번도 빠지지 않고 가시는 길을 배웅하였습니다. 아마 지금은 다시 환생하셔서 어딘가에서 수행의 길을 걷기 위해 준비하고 계시지 않을까 싶습니다.

　혜조 스님, 인연이 도래하면 같이 운상선원의 봄, 여름, 가을, 겨울 이 사계의 길을 걸으며 같이 수행하는 날이 왔으면 합니다.

문명의 과보

심한 열대야로 유난히도 더운 여름입니다. 너무나도 고온의 열대야이다 보니 선풍기와 부채만으로 해결되었던 여름철이 이제는 에어컨이 필수가 되어버렸습니다. 여름을 싫어하는 편이 아니었는데 요즘 여름을 대하는 제 마음도 달라졌습니다.

아시다시피 이러한 자연환경 변화로 인한 생태계의 변화와 남은 후유증은 잠시의 편안함을 위한 무분별한 개발과 발전이 원인입니다. 좋은 말로 표현한다면 문명의 발달이겠죠. 이것은 우리를 포함한 전 세계 인류의 이기주의에서 비롯된 것이기에 후손들에게 미안함을 알고 잘못을 뉘우칠 줄 알아야 한다고 저는 생각합니다.

앞으로의 문명은 무분별한 발달에만 치우친 것이 아닌 지금의 후유증, 자연이 겪는 과보를 잘 해결해 나가는 과학으로 전환해야 합니다. 그래야만 지구가 살고 우리의 후손에게 미치는 악영향을 제거하여 그들도 지금의 우리처럼 편히 살 수 있으니까요.

지금 밖에서 들려오는 귀뚜라미 소리를 후손들도 아름답게 듣기를 바랍니다.

본전치기

누구나 무슨 일을 하든 남는 장사를 하길 원합니다. 그런데 잘해봤자 본전인 것이 있어요. 첫 번째가 아기 봐주는 일입니다. 시집간 딸이나 아들이 엄마에게 손자나 손녀를 맡깁니다. 엄마는 실컷 아기를 잘 보다가 잠깐 방심한 사이 아기가 넘어져 멍이 들기도 하고 무릎에 상처가 나기도 합니다. 그러면 그동안의 수고는 온데간데없고 "애기가 이렇게 멍이 들고 다치도록 엄마는 뭐했어?" 하고 원망만 듣습니다. 본전도 못 찾습니다.

둘째는 사람을 소개시켜 주는 것입니다. 날씨가 변덕이라지만 사람 마음도 변덕 부리면 그에 못지않습니다. 사람을 소개시켜 주면, 서로의 생각했던 것이 어긋나 마찰을 일으키다가 소개한 사람을 원망하기도 합니다. 본전도 못 찾습니다.

세 번째는 중매입니다. 중매하여 결혼하면 서로에게 경사이지요. 잘 지낼 때는 문제가 없는 데 서로의 불만으로 싸울 때는 맥없이 중매쟁이를 욕합니다. 본전도 못 찾습니다.

본전은 고사하고 손해만 남는 일도 있기는 합니다. 내기나 노름이 그런 일이지요. 그래서 때로는 손해 본 상태에서 멈추는 것이 미래의 더 큰 손해를 막는 것이 되기도 합니다.

모든 일이 이익만 생각하면 욕심이고, 본전만 누린다면 재미없는 것 같고, 손해 본 것을 생각하면 속상하고 하지요. 알고 보면 이것도 내 욕심에 속아서 속상한 것이지 누가 속상함을 만들어 준 것도 아닙니다.

그래서 사람은 남에게 속는 것보다 자기 욕심에 속는 것이 더 많습니다. 본전 따지기보다 성실히 열심히 일했으면 그걸로 된 겁니다. 욕심은 부릴수록 화근이지만, 성실은 하면 할수록 보람입니다.

지식과 지능
그리고 지혜

많이 배운 사람을 우리는 흔히 지식인이라고 합니다. 하지만 체득되지 않았거나 이해가 부족한 지식은 아직 소화되지 않은 위장 속의 음식물에 불과합니다. 그러기에 우리에게 유익한 지식은 단지 배우는 것만이 아닌 사유와 경험을 통해 체득된 지식이어야 합니다. 이러한 지식은 바로 지혜로 전환됩니다.

지능 또한 마찬가지입니다. 지능도 지혜로 가는 맥락이지만, 격이 갖춰져야 합니다. 우리는 지혜가 뛰어난 범죄자라는 말은 쓰지 않습니다. 그리고 지능이 뛰어난 인격자라는 말도 쓰지 않지요. 그보다는 지혜가 뛰어난 인격자라는 말을 주로 씁니다. 즉 지혜가 뛰어난 현자賢者가 격을 갖추는 것입니다. 격格은 그 사람의 됨됨이에서 찾습니다.

지식만 있고 지혜와 격이 약하면, 사람들로부터 좋은 인식을 받지 못합니다. 지식이 약하더라도 지혜와 격을 갖추었으면 사람들로부터 존경을 받습니다. 이러한 분들을 현자라고 하지요.

알고 보면 지혜와 격이 표현과 의미가 다르기는 하나, 결국은 늘 서로 따라다니는 수식어와 같다고 생각합니다. 지식도 약하면서 지혜도 약하고 격이 모자라면 다른 사람에게 무시당하기가 쉽습니다.

스님들이 처음 출가하면 배우는 것이 초발심자경문初發心自警文입니다. 여기에 '소가 물을 마시면 우유가 되고, 뱀이 물을 먹으면 독이 된다'는 말씀이 있습니다. 같은 물이라도 누가 마셨느냐에 따라 결과는 달리 나옵니다. 지식도 또한 배운 것을 어떻게 쓰냐에 따라 약이 될 수도 있고, 독이 될 수도 있습니다. 이렇게 약이 되는 것은 지혜와 격이 되지만, 독이 되는 것은 범죄적 지능이 될 수도 있고, 아니면 눈먼 봉사가 길을 안내하는 것과 같습니다.

결국은 지혜와 격은 늘 같이 합니다. 여기서 제가 의도하고자 하는 식자識者는 단순한 지식만이 아닌 지혜와 격의 됨됨이가 되는 분을 표현한 것입니다. 항상 나를 다듬는 것이 인생의 미美이기에 인생의 미는 격과 지혜의 소산물입니다.

관심

햇빛이 모든 생명에게 없어서는 안 되듯
관심은 모든 이에게 제2의 햇빛이 됩니다.
겨울을 이겨낸 봄의 꽃동산은
신성함을 주는 왈츠와 같고,
더워도 푸른 숲을 보여주는 여름은
지쳐도 힘이 나게 하는 락과 같고,
온갖 색으로 물든 가을의 단풍 숲은
풍성함을 주는 재즈와 같으며,
조용히 눈이 내리는 겨울은
고요함을 주는 샹송과 같습니다.

모든 것은 자연만이 줄 수 있는 위대한 소산입니다. 자연보
다 더 아름다운 것은 나와 더불어 모두를 다 사랑하며 보살
피는 관심이랍니다. 혼자만의 관심이 반딧불이라면, 서로의

관심은 태양보다 더 밝습니다.

돌멩이 하나는 불을 낼 수 없지만, 돌멩이끼리는 불꽃을 일으킵니다.

계산으로는 하나와 둘은 하나 차이지만, 혼자만의 관심과 서로의 관심은 엄청난 차이가 납니다. 혼자서는 불꽃이 일어나지 않지만 둘은 불꽃이 일어납니다.

이런 관심이 가정에서 이웃에서 사람과 사람으로 이어지면 더없이 아름다운 세상이 될 것입니다.

추운 겨울 땅속에서 잠자고 있던 꽃씨가 봄의 태양을 만나는 순간 꽃으로 활짝 피어납니다. 관심은 사람의 마음을 꽃피우는 햇빛과도 같은 존재입니다.

인생기차

손으로 발을 씻다 보면, 손도 저절로 씻어집니다. 봉사와 보시라는 것이 이와 같습니다. 인과법에 의하면 일방적 이익이나 일방적 손해는 있을 수 없습니다.

그것이 반야심경에 나오는 부증불감不增不減입니다. 빵 한쪽을 나눠도 부족하지 않습니다. 많아도 나누지 못하기 때문에 부족하답니다.

누가 감히 태양을 자기 것이라고 주장한 적이 있었나요? 태양도 이러하듯이 내 것은 없었습니다. 지금 여러분이 소유한 땅과 다른 소유한 물건들이 스스로를 여러분 것이라고 한 적 있나요? 우리의 각자 소유가 내 것, 네 것을 만들었습니다. 이것도 인생의 종착역에 가면 놓지 않을 수 없습니다.

서울역에서 부산역까지 기차를 타고 가다 보면, 같이 타셨던 부모님은 중간역 즈음 내리십니다. 나보다 나이가 많은 분은 중간역 지나면 반 이상 내리시고, 조금 더 지나면 나보다 어린 분들이 일찍 내리기도 합니다. 때로는 나보다 먼저 탔던 나이 많은 분이 저보다 늦게 내리기도 합니다.

이것이 인생기차입니다. 옆에 계시던 분이 내리기 전에 내가 나눌 수 있는 것을 나누었다면 그래도 후회는 적을 겁니다. 혹 내가 먼저 내렸어도 나를 기억하겠지요. 그래서 보시도 때가 있는 겁니다.

버림의 묘미

같은 지역에서 살며 가끔 차담을 나누던 스님께서 당신의 출가 이야기를 해주셨습니다. 출가를 위해 은사 스님을 처음 뵙게 되었을 때 은사 스님께서 출가하기 전 세상에서 정리하지 못한 것을 정리하고 오라고 말씀하시더랍니다. 그래서 먼저 직장을 정리하고 자신이 입던 옷을 비롯한 물품을 정리하니 자가용에 가득 찰 정도로 많은 박스가 나왔답니다. 그 짐과 함께 절로 갔더니 은사 스님께서는 절 안의 소각장을 가리키시면서 그 싣고 온 짐을 다 태우라고 하셨답니다.

"스님, 이 중에 멀쩡한 것이 있는데, 그것들은 건질 수 없습니까?"

"남김없이 모조리 태워라."

은사 스님의 명령에 어쩔 수 없이 태우는데, 중간중간 아까운 마음에 따로 뺏다가 소각장에 넣었다가 또 뺏다가 또

도로 소각장에 넣었다가 이렇게 반복과 반복을 거듭하다가는 결국 모조리 태웠다고 합니다. 그랬더니 마음속에서 이상한 희열이 일어나더라는 겁니다. 모조리 다 태워버리는 순간 마음이 한결 가벼워졌고 행자 생활을 수월하게 시작하게 되었답니다.

처음 출가할 때는 누구나 행자 생활부터 합니다. 아시는 분은 아시겠지만, 행자 생활은 스님 되기 전에 절에서 스님들을 봉양하고, 무보시 즉 대가 없이 일해가며 복을 짓는 것이지요. 보통 큰스님들께서는 행자 시절의 복으로 평생 중노릇을 한다고 하시지요.

열심히 행자 생활을 마치고 사미승이 되었는데 그때 은사 스님께서 "자네, 사회에 있을 때 벌어 놓은 돈이 있다면 빌려줄 수 있겠는가? 내가 불사하는 데 쓰려고 하는데." 하고 말씀하시더랍니다. 그래서 있는 돈을 드렸는데 '스님 생활이 힘들면, 그냥 정리하고 사회로 나가면 되지'라고 생각하고 있던 그 마음이 싹 사라지더랍니다. 이것이 은사 스님이 가르쳐주신 '버림으로써 도로 채워지는 비움의 행복'이었다는 이야기입니다. 버림으로써 얻어지는 묘미妙味는 이런 게 아닐까요?

친구야, 미안해
친구야, 고마워

나이 마흔 살이 되던 해, 선방을 줄기차게 다니던 시절입니다. 그해 겨울 하동 칠불사에서 겨울 동안거를 마치고, 대전 현불사에 계신 은사 스님께 인사하러 갔습니다.

보통 스님들은 선방에서 안거를 하고 나면 공부 점검차 선지식도 찾지만, 은사 스님께 안거 잘 났다고 인사도 올리러 갑니다. 현불사에서 은사 스님께 인사를 드리고 하루가 지났는데, 절 바깥에서 "아무개 스님 계세요?" 하고 목소리가 들려오는 것이었습니다. 출가해서는 석초石草라는 법명을 받아 불려왔는데, 출가하기 전 제 이름을 부르니 놀라 나가보았습니다.

저를 부른 사람은 고등학교 친구 규탁이였습니다. 규탁이가 하는 말이 출가 전 친구 영호 아버님께서 돌아가셨다고 나에게 알리러 왔다는 것이었습니다.

그러나 저는 너무나 냉정하게 문상을 못 간다고 딱 잘라

말했습니다. 그때 저는 출가한 지 14년이 됐지만, 세속의 인연을 끊으려는 의도가 너무 앞선 까닭이었습니다. 세속에서 생활하는 사람 중에는 출가가 안타까운 일이라고 생각하기도 하고, 옛날부터 고향이 내내 대전이라 아는 사람을 만나면, 옛날 아무개로 돌아가는 것이 저에게는 어색했기 때문입니다.

출가해서 속가 어머님 집도 가지 않던 시절이었습니다. 그런 와중이라 나도 모르게 무의식중에 못 간다는 말이 매정하게도 먼저 나온 것입니다. 말은 그렇게 했지만, 돌아가신 친구 아버님 장례식장에 가서 염불을 해드리고 왔습니다.

"다른 친구들은 오지 않아도 너는 꼭 오기를 바랐다."라는 친구 규탁이의 말을 듣고 그때 속으로 어찌나 미안하던지요.

고마운 친구도 있습니다. 출가한 지 몇 년 안 된 강원시절 방학 때 은사 스님 밑에 있다가 버스에서 고등학교 친구, 용우를 만났습니다. 우리는 서로 너무 반가운 나머지 커피숍에 가서 차를 마시게 되었습니다.

그 친구는 제가 출가하고 난 뒤 길에서 스님을 만나면 외면하지 못한다고 하더군요. 용우는 길에 서성거리는 스님께 다가가 가는 곳까지 차로 모셔다 드린 적도 있었다고 하였습니다. 너무나 고마운 마음이었습니다.

가끔 저도 음식점이나 다른 곳에서 알지 못하는 사이 계산이 되어있다고 하는 경우가 있었습니다. 어디나 소리 없이 보시하시는 분들에게 감사하는 마음이었는데 바로 제 친구가 그런 마음을 가지고 있었던 것입니다.

오해와 이해

살다 보면 이해가 안 되는 일들이 사람들 사이에서 부지기수로 일어납니다. 이러한 일들이 지속되다 보면 오해가 되지요. 오해가 풀려 이해가 되어야 속에 쌓인 의문점과 스트레스가 풀리겠죠? 이렇게 잘 풀리면 좋으련만, 그렇지 못한 경우도 많습니다. 그래서 때로는 세월이 약이라는 말도 나옵니다.

가만히 생각해보면, 이 세상에 나랑 똑같이 생기고 똑같이 살아온 사람이 있을까요? 그런 사람은 없습니다. 심지어 한집안 형제자매가 같은 장소에서 같은 밥 먹고, 같은 방에서 생활했어도 사고방식은 다릅니다. 이러한 생활 사고방식이 각자 본인들에게 길들어진 습관이랍니다. 이러한 습관은 마치 레코드판에 노래가 새겨지듯이 정신이라는 레코드판에 기록됩니다. 가요 레코드를 틀면 가요가 나오고, 팝송 레코드를 틀면 팝송이 나오고, 클래식 레코드를 틀면, 클

래식이 나옵니다.

가끔은 표지만 보고 팝송 레코드로 알고 틀었는데 트로트가 나올 때도 있습니다. 겉모습과 실제로 녹음된 것이 다를 수도 있지요. 사람도 그렇습니다. 내가 아는 사람과 그 사람 자체는 다를 수도 있어요. 이것을 오해하고 골을 깊게 하기 보다는 내가 오해했다는 것을 인정하고 상대를 이해하는 것이 좋습니다.

다른 사람은 나와 달라요. 나와 경험도 다르고 습관도 다릅니다. 그러니 내 관점에서만 해석하려 하지 말고 상대를 이해하도록 노력해야 합니다.

안개 낀 산사

가끔 산중에 살다 보면, 산속 바위와 숲이 웨딩드레스를 입는 날이 있습니다. 바로 아침에 올라오는 안개로 덮인 산사의 모습입니다. 나무와 풀이 우거진 푸르른 숲 사이에서 초목에 맺힌 이슬과 안개의 만남은 안개가 웨딩드레스라면 이슬은 아름다운 보석 열매입니다.

짧은 시간에 소리 없이 왔다, 소리 없이 가는 숲속의 안개 사이로 내리치는 햇살의 오묘한 멋을 볼 때면 내 영혼에 커다란 울림이 옵니다. 영화 속에서나 볼 수 있는 이런 장면을 자연 그대로 눈앞에서 볼 귀한 기회입니다.

선방에서 안거를 같이 하다 보면 쉬는 시간 살며시 와 어깨를 주물러 주는 도반, 불편함과 어려움을 소리 없이 챙겨주는 도반, 공부가 막힐 때 서로 도담道談으로 위로가 되는 도반들이 있습니다. 습한 날 차갑고 딱딱한 바위를 부드럽게 감싸며 옷을 입혀주고, 아름답게 우거진 초목을 장식하는 안개처럼 나의 도반들은 참으로 귀하고 귀한 수행자들입니다.

소리 없이 나를 도와주며 같이 공부하고 있는 나의 도반들, 그리고 안개처럼 포근히 감싸주시는 모든 분들 고맙고 고맙습니다.

냉면 한 그릇

무더위가 계속되는 7월입니다. 이번 여름은 지난해보다 가물어서 가끔 내리는 비가 고맙기만 합니다. 사시 예불을 마치고 신도님들이 시원한 냉면을 공양하겠다 하여 즐거운 마음으로 냉면 곱빼기 한 그릇 먹고 왔습니다. 더운 날 시원한 냉면을 먹으니 그저 감사하고 행복하기만 합니다. 절에 오면서 이런 생각이 들더군요.

천하를 다스리는 임금의 자리도
배탈이 났을 때 찾는 화장실보다 못한 곳이고,
천하를 사고 남는 재물도
목이 마를 때 한 그릇의 물보다 못한 것이고,
천하를 덮는 이름도
잘못을 저질렀을 때는 이름 없는 촌부만 못한 것입니다.

권력과 재물과 명예보다도 제가 좋아하는 사람들과 맛있는 것 먹고 행복한 게 최고입니다. 권력과 재물과 명예를 위한 다면 한 그릇 냉면의 행복이 대수냐고 할 수도 있습니다. 그러나 저는 소소하게 사람들과 냉면으로 즐거움을 나누며 다음에도 같이 먹고 싶은 사람이 되고 싶습니다. 맛있는 냉면 한 그릇이 준 깨달음입니다.

사기꾼과 내 욕심

살다 보면 여러 가지 좋지 않은 사기도 경험하게 됩니다. 사기는 순수해서도 당하지만, 때로 자기 마음속 숨어있던 욕심과 결부되어 당하기도 합니다. 어떤 지인에게서 들은 이야기입니다. A가 B에게 돈을 빌려달라고 하더랍니다. 돈을 빌려주면 은행이자보다 훨씬 많은 이자를 주겠다고 약속을 했지요. 하여 처음에는 100만 원 단위의 돈을 빌려주었는데 매달 꼬박꼬박 은행보다 5배가 되는 이자를 주었답니다.

그다음에도 더 큰 액수를 빌려주었는데 여전히 월마다 이자를 척척 잘 주더랍니다. 그러자 B가 이자 욕심에 더 큰 돈을 덜컥 빌려주었는데, 이때 A가 완전히 돈을 떼어 달아났다고 합니다.

그러면 가만히 생각해 보자고요. 사기를 친 A도 문제이지만, 돈을 떼인 B도 문제가 있는 겁니다. 자신의 높은 이자 욕심이 사기를 당하게 한 것이니까요. 즉 사기꾼의 사기 계획과 B가 가지고 있던 무리한 이자 욕심이 합쳐져 사기가 된 것이지요.

로또복권 예를 들어 보겠습니다. 주변의 1등 복권 당첨자들을 보면 그 재산이 오래 못가던가, 오히려 집안이 풍비박산나는 경우도 종종 봅니다. 복권이 당첨됐으니 돈을 엄청나게 벌었다고 생각할 수도 있습니다. 하지만 이것은 인과응보因果應報상 복을 미리 당겨 쓴 겁니다. 예로부터 최치원 선생 말씀에 무고이득천금無故以得千金이면 필유대화必有大禍라 했습니다. 즉 이유 없이 천금(많은 재산)이 생기면 꼭 큰 화가 생긴다 그 말입니다.

짧은 기간의 부는 벼락부자요, 짧은 기간의 유명은 허명입니다. 벼락부자의 부유는 지키기 어렵고, 허명은 실속이 없이 누를 끼칠 뿐입니다.

답게 사는 세상

인생은 답이 없다고들 합니다. 저도 공감하는 부분입니다. 이렇게 될 수밖에 없는 이유 중에는 인생에서 일어난 일들이 답이 정해져 있는 것도 아니고, 일하다 보면 바라보는 관점들이 똑같을 수 없기 때문입니다.

답이 없다는 것은 반대로 답이 무수하다는 것도 됩니다. 마치 수학에서 0(zero)이 아무것도 없지만 모든 수의 합이 되듯이요. 설명하자면 -헤아릴 수 없는 수+헤아릴 수 없는 수=0(zero)입니다. 바라보는 관점이 똑같을 수 없다는 것은 내가 못 보는 것을 남이 봐준다는 말도 됩니다.

그러니 답이 없는 속에 무수한 답이 존재하기에 묘한 것이 인생이기도 합니다. 이러한 묘한 인생에서 사람이 답게는 살아야 합니다. 아버지는 아버지답게, 어머니는 어머니답게, 자식은 자식답게 학교에서건 직장에서건 그 위치에 맞게, 이것이 답게 사는 인생입니다.

습관
그리고 운명

나이가 들수록 굳이 찾지 않아도 나오는 것이 있습니다. 그것이 바로 나도 모르게 나오는 습관입니다. 이것이 무의식 중에 길들여진 업業입니다. 자기의 이기적인 욕망에 길들여진 습관, 즉 업은 스스로 자멸을 만듭니다. 하지만 자기 욕망을 제어하고 청정하게 길들여진 습관은 좋은 업을 만듭니다. 그래서 늘 깨어 있는 것이 중요합니다.

늘 깨어 있는 길잡이는 정견正見, 바로 보는 겁니다. 정正은 한 일一과 그칠 지止로 이루어집니다. 이는 '하나로 그치다'라는 뜻으로, 하나로 멈추었다는 것을 말합니다. 그러기에 정견은 하나로 멈추어 보는 것, 다시 말해 사심 없이 있는 그대로 보는 것입니다.

바르게 보다 보면 바르게 생각하고,
바르게 생각하다 보면 바르게 말하고,

바르게 말하다 보면 바른 행동을 하고,

바르게 행동하다 보면 바른 생활을 하고,

바른 생활을 하다 보면 바른 노력을 하게 되고,

바른 노력을 하다 보면 바른 마음이 저절로 유지되고,

바른 마음이 유지되다 보면,

외부대상에 걸림이 없이 안정됩니다.

그러다 보면 운명이 바뀌고 밝아집니다.

모든 것이 인연법因緣法을 벗어 날 수는 없지만, 좋은 인연법을 만드는 것은 결국 나입니다. 내가 무의식 중에 만들어 길들어진 것이 습관입니다. 그리고 길들어진 습관이 운명을 좌우합니다.

가
을

오늘은 비 오는 소리나 듣겠습니다

나이
그리고 윤회

나이라는 것이 몸의 나이이지 마음의 나이는 아닙니다. 사회인이 되어서 초등학교 친구들을 만나면, 동심의 세계로 돌아가 그때 우리가 이랬지 하며 이야기가 끊이지 않고, 백발 노인도 꽃다운 청춘을 생각하면 그때 그 시절로 가버립니다. 그러므로 이놈의 나이는 몸뚱이의 나이지 마음의 나이가 아니며 죽음 또한 몸뚱이의 죽음이지 마음은 죽지 않습니다.

반야심경般若心經에 나오는 불생불멸不生不滅은 이러한 가르침을 요약합니다. 마음은 죽고 살고가 없기에, 즉 죽은 적이 없어서 생生한 바가 없고, 생生한 바가 없어서 멸滅한 바도 없고, 그저 모든 것에 상관없이 존재하는 것이 마음의 근본 자리입니다.

이처럼 본래 마음은 모든 것에서 벗어나 있는데 그놈의 생각이라는 놈이 모든 것에 이끌려 이랬다저랬다 혼동을 줄 뿐입니다. 이것이 번뇌입니다. 이러한 번뇌는 다겁생에 윤회를 하게 합니다.

우리의 삶은 알고 보면 모두가 꿈이랍니다. 아침에 눈 떠 저녁에 잠들 때까지 활동했어도, 잠이 들면 그전 일과는 꿈이 되어버립니다. 자면서 꾸는 꿈은 꿈속에서는 엄연히 현실이나 아침에 눈 뜨면 잠 속의 현실은 다시 꿈이 되어버립니다.

모든 것이 꿈이지만 윤회의 현실 속에서는 삶과 죽음이라는 것이 엄연히 존재합니다. 이러한 삶과 죽음 속에서 죽음이 싫다고 죽음이 오지 않는 것도 아니오. 살기 싫다고 하여 억지로 죽음을 선택해도 다시 태어나지 않는 것도 아닙니다. 인연 따라 도로 다른 몸을 받지요.

'자살'이라는 단어를 반대로 쓰면 '살자'가 됩니다. 그러하오니 사는 동안 즐겁게 살고, 몸 바꿀 때 인연이 다 되어서 바꾸나 보다 하시면 됩니다.

즐겁게 사셔야 죽음이 괴롭지 않고 곱게 죽게 됩니다. 잘 죽는 것은 큰 복입니다. 그렇지만 이보다 더 큰 복은 생사의 꿈속에서 벗어나 생사의 길을 벗어나는 것입니다.

인사, 만사,
인심, 천심

인사人事할 때 인자는 사람 인人이요, 사자는 일 사事가 되지요. 인사란 사람을 섬긴다는 뜻도 되고 사람의 일도 됩니다. 만사는 모든 일이라는 뜻이지요. 이러한 인사가 만사요, 만사는 인사가 된답니다. 왜냐면 사람의 일이라는 것은 모든 일의 연관이요, 이 연관이 만사이기 때문입니다. 그래서 인사를 잘하면 손해 볼 것이 없습니다.

　그리고 인심이 천심입니다. 하늘이라는 것이 마음이 있나요? 사람 마음이 하늘에 전달되어 사람에게 전달되는 것이지요. 그래서 인심이 천심이 되는 것이지요. 그러므로 하늘은 위에 있지만, 하늘을 움직일 수 있는 것이 사람의 마음이기도 합니다.

하늘에서 떨어지는
빗방울

하늘에서 떨어지는 빗방울은 어느 빗방울이나 똑같습니다.
그러나 목련나무에 떨어지는 빗방울은 목련꽃이 되고,
철쭉에 떨어지는 빗방울은 철쭉꽃이 되고,
장미꽃에 떨어지는 빗방울은 장미꽃이 되고,
백일홍에 떨어지는 빗방울은 백일홍이 됩니다.
계곡에 떨어지는 빗방울을
청솔모가 먹으면 청솔모가 되고,
토끼가 먹으면 토끼가 되고,
고라니가 먹으면 고라니가 되고,
사슴이 먹으면 사슴이 됩니다.

여기서 떨어지는 빗방울을 영혼의 양식이라고 한다면, 이
양식은 천만 가지 꽃의 영혼이고, 천만 가지 동물의 영혼입
니다. 이것이 한 방울 속에 들어 있는 우주의 섭리요, 천지

의 은혜입니다. 하늘이 갓이 없이 커도 어디에도 떼어낼 것
이 없고, 먼지가 속이 없이 작아도 어디에도 더할 것이 없
습니다. 크든 작든 모든 것이 우주가 됩니다.

나무의 덕

어렸을 때 일입니다. 친구네 집에 놀러 갔는데, 가지가 반쯤 꺾인 살구나무가 눈에 보였습니다. 그래도 다행히 그 가지가 슬레이트 지붕 위에 얹혀있어서 잘 버티고 있었는데 그 가지에 살구가 열려 주렁주렁 매달려 있었어요. 가지가 꺾였는데 어떻게 열매를 맺을 수 있었을까요.

산사 주변 및 산길을 걷다 보면 기암 절벽에서 자라는 나무를 보게 됩니다. 이러한 모습들은 '살려고 하는 발버둥이 식물에 무한히 잠재되어 있구나!' 하고 느끼게 합니다. 참으로 경이롭습니다. 꽃나무들도 뿌리로 영양분을 섭취해 꽃을 피우기 위해 보이지 않게 애를 씁니다. 그러다 꽃을 피워 자기 주위로 벌과 나비가 모여들 때면 우리는 볼 수 없지만, 나무도 즐거운 미소를 짓겠지요.

자라면서 늘 우리에게 필요한 산소를

공급해주는 나무.

키가 커지면 그늘이 되어주고

봄과 여름은 화사한 꽃과 늘 푸르름을 주고

가을에는 고운 단풍으로 눈을 즐겁게 하고

열매로 유익함을 선물하고

겨울철 눈이 내리면 눈꽃을 선사하는 나무.

그대의 덕을 깊이 찬탄합니다.

옷과 정신

처음 출가했을 때, 은사 스님께서 직접 행자복을 맞추어 주셨습니다. 그리고 계를 받았을 때는 은사 스님께서 직접 제작해주신 승복도 입어보았습니다. 은사 스님께서는 워낙 솜씨가 좋으셔서 못하시는 것이 뭔지 아직도 궁금한 분입니다.

조계종 최초로 승무 인간문화재이신 분이 저의 은사 스님 법法자 우雨자 법우 스님이십니다. 스님께서는 성품이 워낙 온화하시고 덕이 많으신 분인데다 제가 만상좌라 무척 잘해주십니다.

저에게는 단점이 많은데 그중 하나가 옷을 단정히 못 입는 것입니다. 그래서 은사 스님께서 하시는 말씀이 사람이 처음 만나면, 옷매무새가 먼저 보이는 것이라고 주의를 많이 주셨습니다. 더불어 옷 잘 입는 것도 시각포교라고 하셨습니다. 참으로 지당하신 말씀입니다.

인간 생활의 3대 요소가 의식주衣食住입니다. 제일 처음이 옷이고 두 번째가 먹는 음식 세 번째가 집입니다. 옷을 바르게 입으면 자세도 바르게 됩니다. 또 자세가 바르게 되면 정신도 다듬어지는 것이지요. 예비군복을 입으면 행동이 거칠어지고 신사복을 입으면 언제 그랬냐는 듯 점잖아지기도 합니다. 이것이 보이지 않는 옷의 영향력이지요. 옷 입는 것에 신경 쓰면 몸 자세도 좋아지고 정신자세도 좋아집니다.

옷이 날개라는 말과 잘 입은 거지가 잘 얻어먹는다는 말도 그래서 생긴 말입니다.

마음 씀씀이

불경이 모자라서 불교가 망할 리는 없습니다.

유교경전이 모자라서 유교가 망할 리도 없습니다.

성경이 모자라서 천주교와 기독교가 망할 리는 없습니다.

코란이 모자라서 이슬람교가 망할 리도 없습니다.

법률이 모자라서 국가가 망할 리도 없습니다.

오직 마음 씀씀이만 바르다면 경전도 한갓 종이 위에 쓰인 글자일 뿐, 굳이 필요가 없습니다. 나라 법률도 마찬가지입니다. 마음 씀씀이만 바르다면, 법률이 무슨 필요가 있겠습니까?

　못된 사람들은 법을 지키려 하기보다 법망을 이용하려고 합니다. 잘못된 사이비 종교 지도자는 오히려 선한 사람을 시각장애인으로 만듭니다. 심지어 선한 사람들의 재산을 교묘하게 빼앗아 가기도 합니다. '내 종교는 맞고 너의 종교는 그르다'라고 선을 긋습니다. 어느 종교를 갖든 마음 씀씀이가 바르면 되는 겁니다.

지금은 지식 홍수시대입니다. 말이 많으면 쓸 말이 별로 없고, 쓸 말이 많다고 해도 추려보면, 그 말이 그 말입니다. 어제는 낙엽이 바람 따라 마당에 뒹굴더니 누군가 낙엽을 쓰는 소리가 들려왔습니다. 오늘은 가을비가 낙엽과 함께 떨어지는 소리가 납니다. 오늘은 낙엽 쓰는 소리, 비 오는 소리나 듣겠습니다.

힘들어도
힘을 내

새벽 찬바람이 머리를 시리게 하는 시월 말 가을 새벽입니다. 새벽 예불 차 가벼운 복장으로 머리에 모자도 쓰지 않고 나갔더니 싸늘합니다. 그 속에 상쾌함도 느껴지는 것을 보니, 아직은 제가 젊은 것 같습니다.

새벽이 오기 전이 가장 캄캄하다고 하지요. 그 캄캄함을 넘어 새벽이 주는 평화와 고요함은 무엇보다도 커다란 보배입니다. 보통 때는 새벽예불 차 일어나는 게 별 무리가 없는데, 무척 피곤한 날은 잠자리에서 일어나는 것이 왜 그리도 힘든지…….

체격이 별로 크지 않은 저도 몸이 무겁기만 합니다. 그래도 일어나 예불을 드리면서 사람을 비롯한 모든 만물에 평화와 안녕을 기원하다 보면, 그 피곤함은 어디로 사라지고 즐거움만 솟아오릅니다. 이러한 것들이 힘들어도 하다 보면 힘이 나는 일입니다. 이러다가 제가 기도해 주었던 분들에게서 좋은 소식이 들려오면 더 힘이 납니다. 마치 온종일 일에 지친 아버지가 집에 돌아왔을 때 어린 자녀들이 "아빠!"하고 가슴에 안기면 힘이 나듯이 저도 그러합니다.

힘든 게 문제가 아니라, 힘들어도 힘을 내는 것이 중요합니다. 힘은 쓰는 만큼 나옵니다. 육체도 그러하지만, 마음의 힘은 더욱 그러합니다. 그렇다고 무리는 마세요. 힘들고 지쳐도 새로운 충전과 활력으로 힘을 내본다면 생각하지도 않던 것이 이루어지기도 합니다. 이렇듯 사람은 무한히 힘을 낼 수 있는 존재입니다.

존경하는 이모님께

삶을 성실하게 사시는 분들을 보면 검소함이 몸에 배어있습니다. 은적사를 오기 전 저의 이모 자광화 보살님과 군산 불주사에서 도량을 가꾸게 되었습니다. 자광화 보살님은 장성이 고향이신 분으로 지금처럼 고운 얼굴에 성품도 온화하셔서 모르는 사람이 없을 정도였습니다. 옛 사진을 보면 여느 연예인과 비교해도 자연 미인이신 저의 이모를 따라올 수 없을 정도였습니다.

한때에는 그 고을에서 최고 부잣집 마나님이셨고 자식들을 다 잘 키워 장성하게 하셨지만, 부처님 법을 만나고 여생을 부처님 가르침에 따라 기도하며 생활하셨습니다. 제가 불주사로 주지 임명을 맡게 되어 같이 오시게 되었는데 아흔을 바라보는 나이에도 불주사에서 밥을 하시어 부처님께 마지(절에서 부처님께 올리는 밥)를 올리고 더운 여름에도 풀을 매며 도량을 정리하셨습니다. 그 모습을 보고

'이렇게 아름다운 분이 불주사에 계시는구나!' 하고 불심을 낸 한 모녀도 있었습니다.

자광화 보살님은 세탁기에서 나오는 물을 받아 걸레를 빠시고 화장실 바닥청소도 하시며 물 한 방울도 귀하게 아끼곤 하셨습니다. 연세가 드셔서 그 물을 받는 것도 귀찮고 힘들텐데 말입니다. 때로는 법회 후 남은 찬과 밥을 먹어야 하는 일도 있어 보살님에게 짜증을 낸 적도 있습니다.

"스님 죄송해요. 그런데 있을 때나 아낄 것이 있지, 없으면 아낄 것도 없답니다."

연세도 많으신데 난방도 제대로 안 된 후원에서 아픈 관절을 움직이며 하나라도 아끼려고 하신 보살님. 보살님을 생각하며 저도 각성을 많이 하였지요. 내년이면 아흔 살을 넘기시는 자광화 보살님, 부디 건강하게 오래오래 사세요.

태풍과 풀

거대한 태풍이 스님들이 거처하는 요사채 지붕 기왓장을 날리고 있습니다. 게다가 어른 두 명이 함께 손을 뻗어 안아도 남는 몇백 년 된 팽나무마저 태풍에 쓰러져 버렸습니다.

자연의 재해가 점점 커지고 있지만, 위력이 이 정도 되리라 생각지도 못했습니다. 솔솔 부는 바람 소리는 듣는 것만으로도 시원한데 멀리서부터 휘잉 불어오는 태풍의 소리는 공포를 느낄 정도입니다.

그런데 이러한 태풍에도 끄떡없는 것이 있습니다. 바로 바닥에 나 있는 연약한 풀입니다. 연약한 풀은 사람의 손에 의해 뽑히고 기계에 의해 깎이기는 하지만, 태풍에는 끄떡없이 자신의 자리를 지키고 있습니다. 이렇게 때로는 연약한 것이 더 강할 때가 있습니다.

만추

황금빛 들판 위로 황혼을 바라보는 멋은 가을만이 줄 수 있는 위대한 선물입니다. 석양에 비친 조그만 단풍나무는 청혼을 받은 여인의 모습으로 변해버렸습니다.

떨어지는 단풍도 마당을 천으로 삼아 아름답게 수繡를 놓아 갑니다. 이 세상에 수많은 카페트가 있다고 하지만, 마당에 깔린 단풍 카페트 만큼 아름다운 것은 없을 겁니다. 한 해의 추억은 단풍처럼 물들어 가는데, 어김없이 가야만 하는 만추晩秋는 아쉽기만 합니다. 마치 그리워 하는 좋은 사람의 향기를 놓치는 기분입니다.

아무리 좋은 보석도 좋은 사람의 향기와는 비교할 수 없습니다. 아름답게 물든 단풍은 책갈피로 넣어두고 싶듯이, 사람의 향기도 책갈피 속에 넣어 간직하고 싶습니다. 어차피 가야만 하는 만추, 저도 아름다운 만추처럼 나이 들고 싶습니다.

베트남 새댁
황 띠띠니

국화가 유난히 아름다운 가을날입니다. 어제는 베트남 새댁 황 띠띠니가 언니와 함께 저를 찾아 왔습니다. 저는 새댁에게 살 수 있을 때까지 노력해 보라고는 했지만, 띠띠니는 얼마 남지 않았다고 생각하고 자신의 영정사진으로 쓸 사진을 제 방에 갖다 놓았습니다.

그러한 모습을 보니 4년 전 겨우 마흔 살이었던 저의 조카가 여덟 살과 세 살 아이를 남겨두고 세상을 등진 모습이 생각나 안타까웠습니다. 마침 암에 좋다는 차가버섯이 있어 띠띠니에게 주어 보냈습니다.

며칠 뒤 베트남 스님이 우리 절을 방문하고 베트남 불자들과 법회를 보게 되는데 이날 띠띠니를 위한 기도를 청해 보고요. 그 기도의 가피로 아름다운 국화처럼 다시 힘을 얻고 건강했으면 합니다.

어느덧 오늘 하루도 저녁 무렵이 되어 은적사 앞에 황혼

이 비춰지고 있습니다. 해마다 이맘때면 맞이하는 황혼이
지만, 안타까운 사연 앞에서는 나 자신도 그저 넋 나간 사
람처럼 되어 버립니다. 그저 반야심경을 독송하면서 마음
을 위로할 뿐입니다.

말을 따라가는 감정

사람에게 혀처럼 무서운 연장은 없을 겁니다. 치아보다 훨씬 부드러운데 말입니다. 반 뼘도 안 되는 혀를 잘못 놀려 자기의 마음에 상처를 주는 일이 종종 있습니다. 반대로 상대가 자기의 감정을 자극하기도 합니다.

이렇게 일어나는 감정을 숨 한 번 들이쉬며 느긋하게 보는 연습을 해보세요. 감정을 일으키기 전의 나와, 감정을 일으킨 후의 나중에 어떤 것이 나인가를 생각하시면 됩니다. 사람들은 실수하고 나서 "본의 아니게 그랬습니다." 하고 사과를 합니다. 또 서로 싸우고 나서 "당신을 볼 면목이 없습니다."라고 하면서 화해도 합니다.

이러한 것이 참된 나가 감정에 속아 '나 아닌 나'가 된 현상들입니다. 단지 감정에 속은 겁니다. 그러니 그 감정을 놓으세요. 사람이라 감정을 내기도 하지만, 사람이라 감정을 내려놓을 수도 있습니다. 그 순간은 상대의 입이 문제지, 나에게는 아무런 의미가 없는 것입니다.

　말을 따라가는 감정을 내려놓으면 되는 거랍니다. 살면서 이런 감정을 일으키는 일은 허다합니다. 그리고 이렇게 말에 좇아가는 감정을 내려놓기란 쉽지는 않습니다. 그 순간이 지나도 다시 떠오르기는 마찬가지일 때도 있습니다.

　하지만, 그래도 다시 생각해보세요. 상대의 자극적 말 이전의 내 마음과 이후의 내 마음이 같지 않다면, 나는 상대의 말에 이끌리어 감정에 상처를 받은 겁니다. 결국은 상처도 한 생각 차이입니다.

콤플렉스와
세상

사람 중에 콤플렉스가 없는 분들이 얼마나 될까요? 콤플렉스는 괴로운 것이지만 이것을 이겨내는 것은 본인의 마음 자세에 달려있습니다. 무술 고단자들을 보면 의외로 왜소하신 분들이 많습니다. 이런 분들은 왜소한 콤플렉스를 이겨내고 무술 고단자로 승화하신 분들입니다.

어느 미국 사람이 평소에 기억을 잘 못하는 콤플렉스가 있었답니다. 그 사람은 이것을 이겨내려고 노력을 하다 나중에는 TV에서 하는 암기력 대회 우승자가 되었답니다. 이런 경우는 오히려 콤플렉스가 개인의 발전에 이바지한 것이지요.

익산에 심곡사라는 절이 있는데, 해마다 가을이면 산사 음악회를 합니다. 공연장 장소가 심곡사 내 떡목광장입니다. 떡목광장의 유래가 재미있습니다. 조선시대 정정렬이라는 명창이 계셨는데, 타고나기를 떡목으로 태어났다고 합니다. 떡목이란 목소리가 탁하여 노래하기 부적합한 목을 말합니다. 그런데도 정정렬이라는 분은 피나는 노력으로 우리나라 5대 명창에 드셨습니다.

그렇습니다. 모든 만물의 영장이 사람이지만 맹수에 비하면 사람처럼 나약한 존재는 없습니다. 하지만 만물의 영장이 될 수밖에 없었던 것은 나약한 점을 보완하기 위해 손과 두뇌를 사용하여 방법을 찾았기 때문입니다. 콤플렉스를 알고 이것을 이겨내기 위해 노력한다면 개인의 발전이요, 세상의 발전이 될 것입니다.

사소함이란

때로는 내가 한 일은 정당하고 남이 한 일은 이해가 안 된다고 말할 때가 있습니다. 그리고 내가 한 일은 사소한 일이라 시빗거리가 될 일이 아니지만. 남이 한 일은 문제 삼아 꼭 따져 보아야 할 일이라고 생각할 때도 있습니다.

그러나 내 생각이 꼭 옳다고 할 수 있을까요? 사소함에서 사와 소를 조금 더 구분해 보면, 사적인 일은 금세 시비가 따져지지만 소소한 일은 그저 소홀해지기 쉽습니다. 자동차는 2만 개가 넘는 부속품들이 모여 만들어져 우리에게 옵니다. 이런 자동차에서 볼트 하나 잘못 조이면 대형사고가 날 수 있습니다. 항우장사도 보이지 않는 나무뿌리에 걸려 넘어지듯이 소소하다고 소홀히 하면 안 되는 것이지요.

큰일은 명분이 뚜렷하여 시비에 대한 판가름이 오래가지 않아 해결이 빠르게 됩니다. 그러나 사소한 일은 서로 불편한데도 얘기하자니 속 좁은 사람이 될 것 같고, 그렇다고 말을 안 하자니 찜찜합니다. 이것이 쌓이고 쌓여 터져 버리면 더 심각한 대형사고가 나기도 합니다. 그러므로 삶에 있어서 사적인 것도, 소소한 것도 놓치지 말아야 합니다.

실천이
운명을 이끈다

실천이 없는 사람의 말은 상대로부터 비웃음을 받고 심하면 역겨움도 줍니다. 사진 속 음식은 먹을 수가 없듯이 실천이 없는 말은 유익함이 없기 때문입니다. 훈계를 받아야 할 사람이 오히려 적반하장으로 훈계하는 것처럼 봐주기 힘든 일도 없을 겁니다.

이러한 부류는 좋은 말을 해도 듣지 않으려는 성향이 강한 분들이 많습니다. 이런 분들은 운명이 좋게 나아가기 어렵습니다. 말은 아끼고 실천할 수 있는 말만 하는 습관이 중요합니다. 물론 쉽지 않지요.

돈과 물질을 아끼면 몸과 마음에 검소함이 쌓이고, 말을 아끼면 상대로부터 쓸데없는 소리는 덜 듣고 믿음을 얻을 것이고, 소리 없는 실천을 보인다면 인정받는 사람이 될 뿐 아니라 운명도 좋은 방향으로 진행됩니다.

사계절 스스로 꾸준히

베풂과 답례

사람 중에는 받는 것에만 길들어진 사람들도 있습니다. 답례라는 것을 잘 모르는 사람들이죠. 삶에 있어서 있는 사람이 항상 있는 것이 아니고, 없는 사람이라 해도 항상 없는 것만은 아닌데 말입니다.

사고 자체가 받으려고만 하는 사람들의 습성은 욕심에 가려 있기에 본인의 상황에 맞게 성의를 표하는 방법 자체를 모릅니다. 만약 이런 습성을 돌이켜 보고 고치려 하지 않는다면 이 사람은 평생 받는 것과 얻어가는 것에 길들어질 뿐입니다. 하지만 조금씩 답례를 한다면 누군가에게 무엇을 주는 것도 기쁘다는 것을 알게 될 것입니다.

성의에 맞는 답례가 필요합니다. 답례할 줄 알면 힘든 상황이 닥쳤을 때 도움을 받을 수 있지만, 만약 받기만 하고 답례라는 것을 전혀 모르는 사람이라면 누구도 그의 말을 진실로 받아들이지 않을뿐더러 설사 어려움을 알았다 해도 관심을 갖지 않을 것입니다. 이는 상대가 매정해서가 아니라 본인의 행실이 상대에게 괘씸하게 비쳤기 때문이죠.

그래서 답례는 의무사항은 아니지만 예의사항은 되는 것입니다. 의무사항은 무너지면 빨리 질책을 받고 해결해 나아가지만 예의사항이 무너진다면 인심을 잃어 서서히 복을 감합니다.

인忍에서
도道까지

인忍을 잘하면 인仁이 되고
인仁은 덕德이 됩니다.
덕德은 득得이 되어
득得은 도道를 이룹니다.

참기를 잘하면 어진 사람이 되고, 어진 사람은 덕인德人이
되는 것입니다. 덕인은 득이 되는 사람입니다. 득이 되는 사
람은 도인道人이 됩니다. 도를 이루면 세상의 좋다는 것과는
비교할 수도 없게 되겠지요.

그렇다고 무조건 참으라는 것은 아니죠. 무조건 참는 것
은 오히려 병이 될 수도 있습니다. 반면에 무조건 화를 내
서도 안 되겠죠. 사실 화를 내는 것도 습관입니다. 본인의
무지함으로 화를 내는 것은 본인에게 돌아갑니다.

그러기에 화를 내지 않고 참는 것은 결코 손해가 아닙니

다. 이 참음은 참는다는 것 자체도 놓아버리는 참음으로 참
고 자시고도 없는 참음이 되어야 합니다. 사람이라 화도 나
지만 사람이기에 참을 수 있는 것입니다.

그동안 참고 살아온 것만 생각해도 우리는 앞으로도 무
수히 참을 수 있는 인내력이 있다는 것이 증명된 것입니다.
티베트에서는 "당신은 참지 못하는군요!"라는 말이 최고의
욕이라고 합니다.

사계절 스스로 꾸준히

아버지와
모과나무

백중 때가 되면 저는 누구보다도 돌아가신 아버지가 많이 생각납니다. 저의 아버지는 천하 호인이셨으며 세상의 아버지 모두가 다 그렇듯 가족을 위해 애쓰신 분이셨습니다. 제가 어릴 적 살던 동네는 그리 넉넉한 동네는 아니었지만, 동네 분들이 정이 많고 서로 가족처럼 지냈습니다. 오죽하면 저의 어머니는 이웃과 정들어 다른 동네로 이사 가지 못할 정도였다고 합니다.

저의 아버님과 어머님은 이 동네에서 인심도 좋고 마음이 넉넉하신 분으로 아버님은 동네에 초상이 나면 전통장례 의식도 잘 이끌어 주셨고 태풍과 폭우로 지붕이 날아간 이웃이 와서 아버지에게 도움을 요청하면 한걸음에 달려가 위험을 무릅쓰고 지붕 위까지 올라가신 분이었습니다.

하루는 일을 마치고 오시면서 빈 종이봉투를 들고 오셨는데 알고 보니 가족을 위해 산 사과를 오는 도중 구걸하는 아기 엄마에게 다 주고 오신 것이었습니다. 또 어느날 어머니가 일을 마치고 오신 아버지에게 오늘 돈 번 것을 달라고 하셨는데 아버지는 "일 끝나고 집으로 오다 보니까 철희네 엄마가 애들 아빠랑 싸우고 집을 나갔다고 하더라고, 그 집 아빠도 일도 안 하고 놀고 있는 것 같아서 아이들 밥이라도 해 먹으라고 오늘 일해서 돈 번 것을 주고 왔어!"라고 말씀하셨습니다.

아이들 학비뿐 아니라 당장 나갈 돈도 필요한 상황이었지만 어머님은 "예 잘하셨어요."라는 말만 하셨습니다. 무던하셨던 두 분의 모습이 40년이 지난 지금도 눈에 선합니다. 이런 아버지와 어머니이신데 한때 제가 이분들을 속상하게 해 드린 적이 있습니다.

친구 따라 진학한 고등학교가 적성에 맞지 않아 공부보다 그저 친구들과 어울려 다니며 제 길을 못 찾고 지내기도 했습니다. 중요한 시절 갈팡질팡하는 저를 보는 부모님은 무척 걱정되셨을 거예요.

아버지가 지금 계신다면 연세가 여든일곱 살이 되십니다. 그때 당시에 저의 아버지는 키가 178센티미터로 굉장히 건장하셨고 술을 좋아하는 편이셨습니다. 옛 아버지들이 늘 그러하듯 저의 아버지도 평상시에는 말씀이 없으시다 술을 드시면 속에 쌓아 두셨던 속상함을 말씀하시곤 하셨습니다.

하루는 아버지께서 약주를 한 잔 하시고 저를 불러 잘못된 생활 태도를 꾸지람하셨습니다. 어렸을 때부터 잘못을 저질러도 꿀밤 한 대 때리지도 않고 그냥 넘어가셨던 아버지였는데 당신 속도 상하고 걱정이 되어서 하신 훈계인데도 방황하고 철이 없던 저는 그 말씀이 그냥 싫기만 하였습니다. 지금 생각하면 제 태도가 잘못되어도 한참 잘못된 것이었는데 말입니다. 아버지의 훈계를 잘 받아들이지 않고 그저 말대꾸만 하고는 밖으로 나오면서 분풀이로 허공을 향해 발길질을 하였습니다.

　그런데 하필 신발이 벗겨져 날아가더니 아버지가 심어놓으신 모과나무의 열매를 맞추는 것이 아닙니까. 툭 하고 모과가 떨어지고 말았습니다. 그 모과는 아버지가 오래전에 심어놓은 모과나무가 성장하여 처음으로 열매를 맺은 첫 모과였습니다. 일을 벌인 저도 너무 죄송하고 부끄러웠는데 어영부영 아버지에게 잘못했다는 말씀 한 번 드리지 못하고 그냥 넘겼습니다.

　세월이 지나 철이 들었을 때도 "아버지, 그때 잘못했어요."라고 말씀드려야 했는데 그때를 놓친 것이 참으로 아쉽고 죄송할 따름입니다. 이제야 말씀드립니다.

　"아버지, 그때 아버지 마음을 이해하지 못하고 철없는 행동을 했습니다. 아버지 죄송합니다."

있는 그대로

덕수궁의 돌담길, 바람을 막아주는 제주도의 돌담길. 그리고 사찰을 감싸고 있는 돌담길 등 이런 길을 걷다 보면 큰 돌과 작은 돌이 서로 맞물려 돌담을 이룬 것을 볼 수 있습니다. 큰 돌이 작은 돌의 받침돌이 되어 맞물리기도 하고, 작은 돌이 큰 돌의 받침대가 되어 맞물리기도 합니다. 때론 큰 돌과 큰 돌이 서로 받침이 되거나, 작은 돌과 작은 돌이 맞물려 돌담을 이루기도 하지요.

돌담의 구성체가 되려면 서로가 그 장소에 맞게 역할을 하여야 합니다. 그래야 담장에 큰 돌은 큰 돌로써, 작은 돌은 작은 돌로써 제값을 발휘하게 됩니다. 크고 작음은 문제가 되지 않습니다. 서로의 조화와 역할이 모든 것을 이룹니다.

사람의 삶도 마찬가지입니다. 누가 잘나고 못나고 따지는 것은 중요하지 않습니다. 오히려 목적을 이루는 데 걸림돌이 될 뿐입니다. 사람과 사람 사이에 잘나봤자 얼마나 잘

사계절 스스로 꾸준히

났고, 사람이 못나봤자 얼마나 못나겠습니까? 잘난 사람도 부족함이 있고, 못난 사람도 타고난 장점이 있습니다. 부족함을 알고 채워가고 장점을 겸손하게 펼치다 보면 서로의 조화가 이루어져 완벽에 다다를 것입니다. 이렇게 살아가는 삶, 그 자체가 완벽으로 가는 길입니다. 있는 그대로 보면 모든 것은 평등하고 높고 낮음이 없습니다.

사랑과 미움은
없습니다

몸뚱이 속 어디를 찾아봐도 사랑과 미움은 없습니다. 그런데 우리는 몸뚱이로 사랑과 미움을 베풉니다.

사랑은 끝이 없이 베풀어도 몸뚱이가 고갈하여 없어지지 않는 한 끊임없이 나옵니다. 그리고 점점 몸뚱이는 자비스러운 모습으로 변합니다.

미움도 마찬가지입니다. 몸뚱이가 없어지지 않는 한 미움도 끊임없이 나옵니다. 그러다 보면 나이가 들수록 추한 모습으로 변합니다.

사람들은 보통 생긴 대로 행동한다고 합니다. 아닙니다. 근본적으로 행동하는 대로 모습이 변합니다. 결국은 마음 씀씀이였습니다.

어린아이와 노인

요즘은 나이를 가늠할 수 없을 정도로 젊음을 가지고 계신 분들이 많지만, 나이라는 것을 먹다 보면 저절로 노인이라는 존칭 아닌 존칭을 받게 됩니다. 노인이 되어 손자나 동네의 어린이들을 보게 되면 가끔 자신의 어린 시절이 떠오르기도 하지요.

그리고 그때 상상했던 노인의 모습과 지금의 내 모습을 돌이켜 보기도 합니다. 지혜로운 노인은 어린아이의 말에 때로는 친구처럼 또 때로는 스승처럼 답합니다. 때 묻지 않은 어린아이의 모습을 닮아가면서 노인이 된 사람은 그 모습이 더 젊게 느껴집니다. 그래서인지 지혜로운 노인분들에게는 항상 어린이 같은 천진함과 중후함이 함께 있습니다.

반면에 어린이는 할아버지, 할머니를 보면서 살아갈 날을 살펴보아야 합니다. 가끔 어린아이를 보고 깜짝깜짝 놀라는 경우가 있습니다. '저 어린아이가 이런 생각을 하는구

나!', '저 아이가 어찌 저런 말을 할 수 있을까?' 생각지도
못한 말과 행동을 보면 우리가 생각하는 것보다 애들이 더
성숙해 있음을, 그리고 생각이 깊음을 느낍니다. 우리가 정
한 기준과 나이의 선을 넘는 아이들이 훨씬 많다는 것을 알
게 됩니다.

　이러한 아이들은 어른의 좋은 모습을 답습한 결과라고
생각합니다. 어린이는 어른이 되는 준비 기간입니다. 준비
를 안 하고 나이가 들었을 때는 나이만 많은 사람이 될 수
밖에 없겠죠. 그리고 노인은 어린이의 이정표가 되어야 합
니다. 오늘따라 서산대사의 시 '눈길 위에서'라는 글이 생
각납니다.

　"눈길을 걸을 때는 함부로 걷지 말라. 지금 나의 발자취
가 훗날의 이정표가 된다."

　이러하기에 어린이는 노인의 스승이고, 노인은 어린이의
스승입니다.

새벽 가을비

입추가 지나 무더운 더위를 달래듯 새벽부터 비가 내리고 있습니다. 이 비 오는 소리가 누군가에는 새벽잠을 깨우는 짜증의 소리가 될 수도 있고, 누군가에는 고요히 잠을 자게 해주는 조용한 자장가 소리로 들릴 수도 있습니다.

새벽에 정진하는 수행자에게는 빗소리처럼 아름다운 소리가 없습니다. 차자작 차자작 조용히 내리는 빗방울 소리.

여름에는 몸을 움직이는 자체가 고苦였습니다. 새벽 예불을 마치고 나오면 정통(절에서 부르는 목욕탕)으로 바로 들어가 옷을 빨고 샤워하는 것이 일과의 시작이었습니다. 그리고 이런 더위를 핑계 삼아 정진을 소홀히 하고 게으름을 피웠습니다.

살면서 남이 저를 흉보는 소리를 듣게 되면 저를 다듬게 해주는 약으로 받아들이는 연습을 더 해야 하겠습니다. 나이 들수록 험담에 맞서서 싸우는 사람보다, 험담도 너그럽게 웃어넘길 수 있는 사람이 멋있음을 알아갑니다. 때로 순한 사람을 바보로 아는 사람도 있고, 사람에 따라 편한 사람을 만만한 사람으로 잘못 구분하는 사람도 있습니다.

하지만 상대가 상대하기 힘든 사람이라면, 그냥 인연에 맡기는 것이 좋습니다. 사람 사이의 상처는 가지고 있을수록 이익이 없기에 그저 인연에 맡겨 놓을 뿐입니다.

억지로 되지 않는 게 인생입니다. 놓는다는 것은 잊혀진다는 표현보다 알고도 잊어버린다는 표현이 맞는 것 같습니다. 무엇보다 중요한 것은 나에게 주어진 일을 열심히 하는 것입니다.

지금 바깥에 비는 그저 조용히 내리고 있습니다. 자연에 주어진 일을 그저 행하는 이 새벽 비처럼 제 마음의 게으름을 닦아내야겠습니다. 그리고 신선한 가을을 알뜰히 보내야겠습니다.

자만심, 자존심, 무심

살다 보면 크고 작은 일로 인하여 다툼이 일어납니다. 때로는 서로가 지지 않으려고 자존심을 내세웁니다. 때로 자만심과 자존심을 구분하지 못하는 경향이 나타나기도 합니다. 제가 생각하는 자만심은 본인이 제대로 행을 하지 않은 상태에서 상대에게 대우를 받으려는 것입니다.

자존심이란 본인이 제대로 행한 상태에서 남에게 무시를 당하지 않으려는 것입니다. 이것은 도덕적 기준치로 판단한 저의 생각입니다. 흔히 사람을 세 종류로 평가할 때 난사람, 든사람, 된사람이라고 합니다.

난사람은 보통사람보다 사회적 기준치로
출세한 사람들을 이야기합니다.
든사람은 보통사람보다 사회적 기준치로
다양한 지식을 가지고 있는 사람을 이야기합니다.

된사람은 됨됨이가 된 사람
즉 인격을 갖춘 사람을 말합니다.

보편적으로 된사람은 행을 하고, 됨됨이가 부족한 사람은
'행세'를 합니다. 난사람도 됨됨이 평가에서 제대로 난사람
인가 결정이 됩니다. 든사람도 마찬가지입니다. 결국에는
난사람 든사람도 됨됨이 평가에서 벗어 날 수 없습니다. 이
러한 됨됨이의 최고의 완성은 무심에 도달하는 것입니다.

즉, 무심은 마음이 없다는 것이 아니라, 마음을 좋게 써도
생색냄이 없고, 행세함이 없는 맑은 물과 같은 마음입니다.

양쪽의 대화

외로움을 배우지 못한 이는 사랑을 지키지 못하고,
가난을 배우지 못하는 이는 넉넉함을 지키지 못하며,
괴로움을 배우지 못하는 이는 편안함을 지키지 못합니다.
충분히 외로움을 느껴봐야 사랑의 귀중함을 알고,
가난도 배워봐야 물질의 소중함을 압니다.
그리고 편안함은 괴로움을 느껴봤을 때 알 수 있습니다.
이것을 뛰어넘는 길이 생사의 길, 이 길도 쉽지는 않습니다.

엄마의 마음

법당을 지나는데 모녀인 듯 보이는 두 분이 법당에 계셨습니다. 연세가 지긋해 보이시는 노보살님은 한없이 울며 절을 하고 계셨고 따님은 안타까운 표정이 역력했습니다. 무슨 사연이 있는 듯하여 법당으로 들어가 여쭤보았습니다.

노 보살의 막내딸은 아직 마흔 살도 안 된 나이인데 난소암으로 생을 마감할 날이 얼마 남지 않았다고 합니다. 그러면서 4년 전에 고칠 수 있었는데도 삶을 포기하게 된 사연을 말씀하셨습니다.

4년 전 난소암 발견과 함께 임신이 되어 담당 의사가 아기를 포기하고 난소암 수술을 받을 것인지, 난소암이 있는 상태에서 아기를 출산할 것인지를 산모에게 결정하라고 하였답니다. 산모는 아기를 선택하였고 그 아이는 지금 네 살이 되어 건강하게 잘 크고 있는데 엄마의 몸은 점점 나빠져 이제는 어찌할 도리가 없게 되었답니다.

사연을 이야기하며 하염없이 눈물을 흘리시는 모습을 뵈니 저도 뭐라 위로해줄 말이 생각나지 않았습니다. 잠시 후에 두 분께 커피를 드리며 조용히 말문을 열어 위로했습니다. 두 모녀의 모습은 아주 선량하시기만 한데 이렇게 힘든 고통을 겪어야 하다니 너무나 안타깝기만 했습니다.

실은 저도 4년 전 갓 마흔 살 된 이종 조카를 유방암으로 먼저 보냈습니다. 예로부터 자식의 죽음은 가슴에 묻는다고 하죠. 세상이야 슬픔과 기쁨이 함께 공존한다고 하지만, 이렇게 크나큰 고통을 접하다 보면 안쓰럽기가 그지없습니다.

요새 젊은 분들이 불치병으로 힘들어하는 모습을 적잖게 봅니다. 엄마 배에서 나오는 것이야 순서가 있지만, 가는 것은 순서가 없습니다. 나무에 못다 핀 꽃송이가 떨어져도 안타까운데, 이렇게 젊은 분의 슬픈 소식은 참 안타깝습니다.

기차가
뒤로 가네

어떤 아이가 방학을 맞이하여, 가족들과 기차를 타고 친척 집에 놀러 가고 있었습니다. 기차 타는 즐거움과 기차 안에서 풍경을 바라보는 즐거움이 점점 익어갑니다. 뒷좌석에 앉아 있던 형이 "아무개야?" 하고 부릅니다. 그러자 형 쪽으로 고개를 돌린 후 형하고 얘기를 즐겁게 합니다.

이렇게 형하고 얘기를 한참 하다가 엉뚱하게 "형, 아까는 기차가 앞으로 갔는데, 지금은 뒤로 가네!" 하더라는 겁니다. 그렇습니다. 본인이 몸을 뒤로 돌린 줄도 모르고, 기차가 뒤로 가는 줄 알고 있는 겁니다. 본인이 착각을 하고 앞으로 가는 기차를 뒤로 간다고 합니다.

몸을 뒤로 돌린 지가 오래될수록 착각은 더 깊어질 것입니다. 이렇게 자기만의 중심에서 대상을 보다 보면 제대로 볼 수가 없습니다. 이러한 습관을 빨리 고치는 것이 중요합니다. 습관이라는 것이 오래 묵을수록 다시 고치려면 오래

묵은 만큼 시간이 걸립니다.

　그래도 바로 돌이킬 줄 아는 사람은 지혜롭습니다. 지혜
는 멀리 있지 않습니다. 혼란하지 않게 바로 보는 것이 지
혜요, 잘못을 바로잡는 것이 지혜입니다. 나만의 생각에서
벗어나면, 내가 본래 가지고 있는 지혜를 잃어버리지 않을
것입니다.

인문학

근래에 TV 방송은 인문학人文學 강좌를 많이 다루고 있습니다. 인문학은 인문학人問學이자 인문학人聞學입니다. 인문학人文學은 사람에 관하여 묻는 학문이니 인문학人問學이요, 사람에 대해서 듣는 학문이니 인문학人聞學입니다. 그리고 사람에 관해서 묻고 듣고 하는 근본 자리는 인성人性이니 인성학人性學도 됩니다. 인성학人性學은 도덕과 역사가 기반이 됩니다.

인성은 가정에서 배우는 가정교육이 시발점이 되지만 학교에서 도덕은 인성교육이요, 역사도 선조들의 교훈을 배우는 인성학입니다. 그래서 학교에서 배우는 교과서 중에 도덕과 역사는 필수과목이 되어야 합니다.

인류 역사상 최초로 "나는 누구인가Who am I?"를 말씀하신 분은 부처님이십니다. 즉 인문학人文學의 시초이십니다. 그러다가 당신 자신을 위한 고민에서 더 나아가 인류를 위한 고민을 하신 분입니다.

보통사람들도 살다가 일이 막히거나 일이 꼬이면, 스스로 당황하다가 '내가 왜 이러지?'라고 스스로 묻기도 합니다. 이러하지 않아도 어느 날 갑자기 '나라는 존재가 누구인가?'라고 생각도 합니다.

철모를 때는 세상을 어느 정도 아는 것 같습니다. 살면 살수록 만만치 않은 게 인생이라는 것을 알면 그게 철이 들어가고 있다는 증거입니다. 알면 알아갈수록 더 많이 모른다는 것을 아는 것이 인생 공부 같습니다. 더 많이 모름을 알아야 모름을 줄일 수 있습니다. 그래서 알다가도 모른다는 말을 하나 봅니다.

지금 자기에게 주어진 일을 열심히 하고 있다면, 인문학을 잘하고 있는 것입니다.

가을 코스모스

익어가는 가을, 저녁 공양을 마치고 진달래와 은적사 뒤 월명호수로 포행(산책)을 했습니다. 월명 호숫가 주변에 코스모스가 길 따라 피어있었습니다. 황혼이 무르익는 저녁 무렵이라 석양이 호수에 비추니 하늘과 호수와 코스모스까지 온통 꽃송이였습니다. 너무나 아름다운 가을 저녁 호숫가입니다.

'코스모스 한들한들 피어있는 길'로 시작하는 김상희 씨 노래가 저절로 나왔습니다. 사람이 곡차(술)에만 취하는 것이 아니라, 계절에도 취하고, 노래에도 취하는 것 같습니다. 그 외에도 취할 수 있는 것은 얼마든지 있지요. 이렇게 취할 수 있는 마음이 있어야 다른 사람의 감정도 헤아릴 수 있습니다.

하지만 헤아리는 마음은 지혜로워야 합니다. 즉 취할 수 있는 마음을 공감한다면 이것은 자비의 발현입니다. 이러

사계절 스스로 꾸준히

한 경지가 지성의 경지입니다. 엊그제 자전거에 아내를 태우고 지나가는 나이 지긋한 부부의 모습이 머릿속에 떠오릅니다. 봄이 청춘의 멋이라면, 가을은 중후한 멋이 있지요. 부부의 자전거 탄 모습처럼 말입니다.

　얼마 남지 않은 깊어가는 가을, 이 계절을 누구나 마음껏 누렸으면 합니다. 제 방으로 돌아와 린다 론스타드Linda Ronstadt의 노래 'Long long Time'을 감상해봅니다.

정든 은마루

몇 달 전 무더운 여름, 아담하고 예쁜 유기견이 절집 마루에 불쑥 올라오는 것이 아니겠습니까? 귀여움을 잘 받고 자란 것 같은데 어쩌다가 집을 잃고 헤맸는지 안타까웠습니다. 개를 방에서 키워본 적이 없는지라 우선 문밖 마루로 내보냈습니다. 그리고 며칠 뒤 아는 지인의 소개로 유기견 담당자와 통화를 했습니다.

"유기견센터에 보내졌을 때 개 주인이 2주 안에 나타나지 않으면, 안락사시킵니다."

이 말을 들으니, 유기견센터에 보낼 수가 없었습니다. 그래서 은적사에서 키우기로 했습니다. 은적사 신도들의 의견을 수렴해서 마루라고 부르기로 했습니다. 성은 절 이름인 은자隱를 따서 은마루라고 지었습니다.

마루는 사람들에게 귀여움의 대상이었습니다. "마루, 은마루!" 하면 아무나 보면 달려가서 꼬리를 흔들며, 재롱을 부리고, 애교를 부리니 사람들이 좋아하지 않을 수 없었지요. 법회가 있는 어느 날 "오늘 절에 새로 오신 분들은 법상 앞으로 나오세요."했는데 마루가 밖에서 법상 앞으로 오는 것이 아니겠어요. 그러자 신도들 모두 "와!"하고 신기해 했습니다.

가끔은 신도분들이나 절 식구들 신발을 물어가 찾느라 곤욕을 치르기도 했습니다. 아마 마루 자신은 사랑받고, 관심받기 위한 행동이었겠지만 민망할 때도 많았습니다. 게다가 용변을 가리지 못해 큰일이었습니다. 진달래는 바깥에 산책할 때 알아서 처리하곤 했는데 마루는 막무가내였습니다. 시간이 지나면서 고쳐지겠지 할 뿐이었지요.

잠이 들 때면, 내방 뒷마루에서 자기가 여기 있다고 앞발로 마룻바닥을 치곤 했습니다. 사람이나, 짐승이나 서로 인연이 되어 지내다 보면 정이 듭니다. 그러던 어느 날 서울에 볼일이 있어서 올라갔다 왔는데, 마루가 보이지 않았습니다. 주인이 나타나 마루를 찾아갔다는 것입니다. 알고 보니 마루는 우리 절 주위에 있는 칠성사에 살았던, 생후 5개월 된 강아지였답니다. 우연히 목줄을 풀어 놓은 것이 인연이 되어 은적사에 두 달 남짓 저와 함께 수행하게 된 것이지요.

엊그제 추석날, 칠성사 신도분이 그동안 고마웠다고 마루를 데리고 왔습니다. 꼬리를 흔들며 달려오는데 식구를 만난 듯 어찌나 반갑던지요. 우리 은마루, 내생에는 사람 몸 받기를 바랍니다.

　지금 애완견을 기르고 계시다면 인연 맺은 이상 소중히 다루고, 그 애완견이 내생에는 사람 몸 받으라고 기도해주면 더 좋겠습니다.

일어설 줄만 안다면

사람이 태어날 때 "응아!" 하고 크게 울음을 터트리며 태어납니다. 산모도 힘들지만, 나오는 아기도 얼마나 힘들었으면 그러는지 알 것 같습니다. 엄마 뱃속에서 나와서 줄곧 누워 있다가 엄마가 이쪽으로 엎으면 이쪽으로 엎어지고, 저쪽으로 엎으면 저쪽으로 엎어지고 하지요. 그래도 엄마 젖 먹을 힘은 있습니다. 그러다가 끙끙거리면서 엉금엉금 기어다닙니다.

가끔 일어서려고 하면, 아빠 엄마가 "으짜!" 하고 응원을 합니다. 일어서다가도 '쿵' 하고 엉덩방아를 찧습니다. 그러다가도 어느새 일어나 걸음마를 하지요. 일어나고 걸음마 하는 사이에도 수없이 넘어집니다. 그러다 달박질까지 합니다.

우리는 태어나기 전부터 수없이 넘어져도 일어날 힘을 가지고 나옵니다. 막 태어난 아기를 물속에 넣으면 수영을 한다는 말도 들었습니다. 태어났다는 것은 살 수 있는 데까지는 살 수 있다는 말이니까요. 점점 성인이 되어 어려운 일로 인하여 잠시 주저앉기도 합니다. 하지만 일어설 줄만 안다면, 넘어지는 것은 두려워할 필요가 없습니다. 넘어지고 또다시 일어나는 것이 희열을 더 느끼게 합니다.

세상 일이라는 것이 쉬운 것만 있을 수 없습니다. 쉽지 않기에 값어치가 더 큰 것입니다. 어려워도 열심히 하다 보면 해결됩니다. 결국은 못해서 포기하는 것보다 포기해서 못 하는 것이 더 많습니다.

성인의 경지야 쉬우나 어려우나 늘 한결같지만, 일반 사람은 한결같지는 못합니다. 인내와 경험 속에 느긋한 마음으로 경륜을 쌓아가는 것이 성인이 되는 길입니다. 성인이 되어가는 경지를 천상화天上華라 합니다. 천상의 꽃, 쉽고 어려움에 걸림이 없이 늘 화사한 천상의 꽃이 되시길 바랍니다.

겨
울

자연은 영원한 스승입니다

강릉에 다녀와서

강릉에는 저의 모친이신 현인화 보살님이 성불사라는 절에 기거하고 계십니다. 이 절은 저의 여동생, 승안 스님이 사는 절입니다. 여기서 동생이 행자 생활을 하는 모습을 보고 다음 해에 출가를 결심했으니 제게도 뜻깊은 곳입니다. 승안 스님의 은사 스님은 정말 자비로우신 분으로 제가 스님의 길로 나아가게 하는 데 큰 도움을 주신 분이셨습니다.

그러나 몇 년 전 은사 스님의 입적으로 승안 스님이 혼자 성불사에 살게 되었고, 외딴곳에 혼자 살게 할 순 없다고 하시며 여든 살이 넘은 노모는 대전에서 강릉으로 짐을 옮기셨습니다.

저는 군산 은적사에, 승안 스님은 강릉 성불사에 살다 보니 자주 왕래하기 어렵습니다. 그러나 올해는 편안히 보살님을 뵈러 갈 기회가 생겼습니다. 은적사에 자주 오시는 대림 거사가 친구들과 평창에서 스키를 타기로 했다며 어머님이 계시는 강릉에 데려다주겠다고 제안을 한 것입니다.

불교의 4대 명절 중 하나인 성도재일成道齋日 철야 법회를 마친 다음 날 대림 거사와 함께 저녁이 되어서 강릉으로 출발하였습니다. 겨울이지만 눈이 내리지 않아 그나마 다행이었습니다, 그런데 그 눈이 보살님의 머리카락에 내렸나 봅니다. 깜깜한 밤에 도착하였는데 겨울눈이 내린 듯 하얀 보살님 백발이 먼저 눈에 들어왔습니다.

20여 년 전 출가하여 사미계를 받고 온 날, 일부러 절에 찾아오셔서 저에게 삼배를 올리시며 "큰 스님 되세요." 하시던 모습이 엊그제 같은데 이제는 여든 살을 훌쩍 넘기신 노보살님이 되셨습니다.

현인화 보살님은 다음 생에는 스님이 되는 것을 원력으로 삼으셨습니다. 지금도 일과 중 기도는 절대 빠뜨리지 않고 하십니다. 예전에는 108배도 꼭 하셨는데 연세가 드시면서 못하시게 되었습니다.

보살님은 강원시절부터 선방에서 안거를 보낼 때마다 대중공양을 오셨고 그때마다 도반 스님들과 대화를 하셨습니다. 지금도 어머니를 기억하시는 스님들은 게으르고 나태해질 때 어머니의 말씀이 생각나 신심이 다시 일어난다고 얘기합니다. 보살님의 행은 항상 저에게 큰 귀감이 됩니다. 그리고 어머니 덕으로 제가 출가의 길로 접어들었다는 생각을 하게 됩니다.

그런데 다음날 보살님과 성불사의 운력을 하는 도중 약간의 견해차로 보살님께 불현듯 화를 내게 되었습니다. 참으로 별거 아닌데 말입니다. 저녁에 보살님과 공양 후 도란도란 얘기를 나누다 낮에 화내서 죄송하다고 말씀드렸더니 보살님은 단 한 마디만 말씀하십니다.

"스님, 저한테는 이렇게 화를 내도 다른 사람에겐 화내지 마세요."

머리 깎고 수행하는 저보다 훨씬 더 마음을 내려놓은 분이시라는 것을 다시 한 번 느끼게 됩니다.

오늘따라 논어論語에 나오는 '수욕정이풍부지樹欲靜而風不止요, 자욕양이친부대子欲養而親不待'라는 말이 생각납니다.

"나무는 고요하기를 원하나, 바람은 멈추지 아니하고, 자식은 부모님을 봉양하려 하나 부모님을 기다려 주지 않는다."

누구나 나이를 먹고 늙어 갑니다. 그러나 부모님의 늙어가는 모습을 보면 더 마음이 쓰입니다. 그러면서도 제대로 효를 행하지 못하는 경우가 많지요. 부모님은 봉양 받기를 기다리시지 않으며, 꼭 그걸 원하지도 않습니다. 단지 우리가 마음 편해지고자 하는 욕심이지요. 그 욕심을 버리지 마시고 꼭 효를 행하는 분들이 되셨으면 합니다.

칭찬

사람 사는 게 자의 반, 타의 반 같습니다. 스스로 알아서 조심도 하지만, 남의 시선과 체면 때문에도 조심하니까요. 화나는 일도 주위의 체면 때문에 참기도 합니다. 때로는 상대가 나를 너무 과대평가해서 상대의 기대를 저버리기 싫어 노력하다가 잘 될수도 있는 게 인생입니다. 과대평가는 칭찬이 아니라도 여러분이 인연 있는 사람에게 칭찬해서 그분이 잘 되었다면 여러분은 큰 복을 지은 겁니다.

수행자에게 여러 가지 고뇌가 있지만, 그중의 하나가 나 자신도 언행일치가 부족한데 법문을 해야 한다는 것입니다. 법문을 하고 나서 부처님께 항상 "죄송합니다. 제가 부족한데 법문을 했습니다. 이렇게 법문한 만큼 다시 저를 살피고 다듬겠습니다." 하고 부처님께 다시 아룁니다.

이렇게 부족한 저에게 신도님들은 "큰스님 되세요, 석초石草라는 불명을 날릴 수 있는 큰스님 되세요."라고 말씀해

주십니다. 이러한 분들의 칭찬과 응원을 들으면서 '수행을 잘해야지' 하고 마음을 굳게 지녀봅니다. 이래서 사람 사는 게 자의 반 타의 반인 것 같습니다. 타인의 칭찬이 나를 좋게 완성시켜주니까요!

반면에 비난은 상대의 기분도 나쁘게 하고 자신의 외모도 추하게 합니다. 또한, 비난한 만큼 본인도 비난을 듣게 됩니다. 비난을 듣는데 본인의 안색은 고울까요? 그래서 이왕이면, 칭찬을 생활화하는 게 좋습니다.

그렇다고 무조건적인 칭찬을 권하고 싶지는 않습니다. 무조건의 칭찬은 아부가 될 수 있습니다. 비난이 아닌 따끔한 훈계는 상대를 발전시키게 합니다. 그러니 비난과 따끔한 훈계는 구분되어야 합니다. 소크라테스의 명언이 생각납니다. "친구는 충고를 주고, 적은 경고를 준다."

이 말을 무시하면, 스스로 무너집니다. 최고의 적은 자신입니다.

1월 마지막 밤

1월의 마지막 밤, 며칠 안 남은 입춘을 앞두고 봄을 맞이할 봄비가 내리고 있습니다. 양력으로는 지난해이지만, 음력으로는 올해인 겨울은 무척이나 추웠습니다. 몹시 추웠던 한 해라 그런지 기온이 포근해진 봄맞이 빗소리가 무척 따스하게 느껴집니다. 이제는 1월의 달력도 뒤로 넘겨야 할 시간입니다.

세월의 무상함이야 어제오늘 일이 아니지만 한해가 갈수록 시간이 무척 빠름을 더욱더 느끼곤 합니다. 시간은 저축도 안 되는데 말입니다. 이 시간의 귀중함을 알긴 아는데 때로는 막연히 보내는 것을 보면 매번 정신을 가다듬어야 할 것 같습니다.

살아가는 것이 늘 새로운 지금을 맞이하듯이 늘 지금 이 순간에 깨어 있음을 행복으로 여깁니다. 그리고 나라는 아만을 제어하는 수행을 통해서 행복을 느끼는 삶을 살고자 합니다. 그동안 살면서 나의 감정을 다스리지 못해 타인에게 상처를 주었던 일들이 얼마나 많았는지 모릅니다. 거리낌 없고, 편안한 사람들에게 나의 감정에 휘말려 상처를 준 말이 그들에게는 얼마나 큰 고통이었는지 죄송스러울 뿐입니다.

그 외에도 저와 가깝지 않은 사람에게 나를 제어하지 못하여 마음의 상처를 준 죄도 있습니다. 이러한 죄업은 모두가 나를 제어하는 힘이 모자라서 그런 것이었습니다. 성인을 비롯한 성공한 사람들은 자기 자신을 제어해서 성과를 이룹니다. 그렇다고 무조건 바보처럼 참고만 살아 속병을 앓다가 비참해지라는 말은 아닙니다. 웬만하면 상대방의 시비를 느긋하게 놓아버리는 연습을 통해 지혜롭게 삶을 살아가고자 할 뿐입니다.

자기 제어 속에 '상대와 나'라는 것이 없어지는 행복을 얻는 성과를 얻고자 할 뿐입니다.

결혼

어느덧 입동이 지나고 십일월 중순을 넘기고 있습니다. 오후에 크리스천이신 이종사촌 누님으로부터 "스님, 시간 되시면 통화하고 싶습니다."라는 메시지가 왔습니다. 그래서 전화하여 서로의 안부를 물으며 이야기를 나누었습니다.

교회에 당신의 딸을 며느리로 삼고 싶어 하시는 분이 있는데 그분이 "우리는 어느 성씨의 뼈대 있는 가문이며 아들은 일본의 와세다대학교를 졸업하고 일본 동경대에서 박사학위를 갖고 있으니 어느 정도 문화와 수준이 맞아야 한다."라고 주위 분들에게 얘기하더랍니다. 그것도 교회에서 예배를 마치고 말입니다.

조카도 미국에서 대학을 졸업하고 박물관에서 근무하고 있는 참신한 아가씨인데 상대 쪽에서 이러한 말을 하니 평소에 강직하고 배짱 좋은 누님도 속이 많이 상했다고 합니다. 자신의 소원은 부부가 서로 사랑하고 신앙생활을 잘하

사계절 스스로 꾸준히

는 것인데 사랑하는 딸을 이런 집에 시집보내면 시어머니가 평생 딸을 힘들게 하지 않을까 싶었답니다.

그래서 딸의 전화번호를 묻는데 누님은 집안이 너무 높아서 어렵겠다고 하셨답니다. 아직도 집안에서 양반과 뼈대를 찾고 학벌을 결혼의 조건으로 여기고 있다는 것이 참으로 한심하다는 생각이 들었습니다.

결혼이라는 것이 서로를 알아보는 것도 중요하지만, 이 조건 저 조건 따지다 보면 결국은 사랑은 멀어지고, 저울질로 물물교환이 되는 것이 아닌가요? 결혼의 참다운 모습은 부부가 서로 마주 보고 웃고, 고운 말을 주고받으며, 당당하고 부끄럼 없이 사는 것입니다.

한마음과
일

세월이 가면 갈수록 시간은 빨리도 갑니다. 세상에서 가장 빠른 새는 '어느새'라더니 아직까지는 젊다면 젊은 나이이지만, 한해 두해 갈수록 속도가 달라지는 것을 점점 느낍니다.

사람이 살아감에 있어서 일을 제대로 못해도 도로 일이 되고, 일을 미뤄도 도로 일이 됩니다. 전자의 의미는 주어진 일을 편하게만 하려고 대충하면, 그때는 어떻게 넘어갈지 모르지만, 시간이 지나면 다시 해야 할 일 되고 맙니다. 후자의 의미는 피곤하다는 핑계와 시간이 없다는 핑계로 본인의 할 일을 미루면 그 일 자체가 없어지는 일이 아니라, 언젠가는 본인이 해야 할 일로 남는다는 뜻입니다. 피곤함을 이유로 계속 게으름에 빠지면, 이 피곤함은 게으름을 위한 핑계에 지나지 않습니다.

저도 수없이 피곤함을 핑계로 게으름에 빠지곤 하는데, 결과는 게으름을 피운 만큼 할 일이 쌓입니다. 때론 일없이 살고 싶지요. 그러나 일 없는 것이 얼마나 힘든 일인가 생각해보세요. 실업자나 정년퇴직 하셔서 일 없는 분들께 여쭤보세요.

사람은 태어난 이상 먹고 살기 위한 일이 주어집니다. 이 일이 바로 업業이자 일입니다. 그러면 일을 제대로 하려면 한마음이 되어야 합니다. 한마음으로는 모든 일을 할 수 있지만, 흩어진 여러 가지 마음으로는 한 가지 일도 제대로 못합니다. 결국은 한마음이 일을 제대로 하고, 일을 제대로 하는 사람이 제대로 된 삶을 삽니다.

교육과 부(富)

가난한 사람은 돈을 버는 재미로 삽니다. 부자인 사람은 돈을 쓰는 재미로 삽니다. 그래서 가만히 생각해보면 부자가 가난한 사람에게 생색 없이 돕는 것은 아름다운 일이지만 그냥 명분(命分)없이 돈을 주는 것은 가난한 사람의 자립심과 돈 버는 재미를 방해하는 것도 됩니다.

또한, 부자가 돈 쓰는 것을 막는 것도 그 사람을 인색하게 만들 수 있습니다. 가난한 사람이 갑자기 쉽게 돈을 벌면 그 부가 안정되게 오래가기 어렵습니다. 왜냐면 쉽게 번 돈은 쉽게 나가기 때문이지요. 쉽게 번 돈은 본인에게 독이 되고 맙니다.

또한 어렵고 성실하게 벌었지만, 쓸 줄을 모르는 이는 아무리 재산이 수백억이어도 거지로 생을 마감합니다. 결국 돈의 의미를 모르고 생을 마감합니다. 결국은 쉽게 번 돈은 부실공사로 무너지는 궁전과 같고, 부모 덕에 돈을 벌었다

잃는 것은 잘 지어진 궁전을 관리 소홀로 무너뜨리는 것과 같습니다.

사람들은 때로 부자 부모를 부러워하지만, 자기를 잘 이끌어 주는 부모님이 계시는 것이 얼마나 귀한 일인지요. 교육 없는 부자는 부를 오래 지킬 수 없습니다. 하지만 부모님의 가르침을 이어받는 사람은 때로는 가난으로 힘들지라도 노력하여 부자가 될 수 있고 그 후에도 꾸준한 부를 이어갈 것입니다.

둥근 것과
두루뭉술한 것

어느덧 달력이 달랑 한 장만 남은 십이월 초입니다. 서늘한 가을은 어디로 가고 싸늘한 겨울 날씨가 되어버렸습니다. 가을 낙엽이 뒹구는 모습은 낭만에 빠지기는 좋았지만, 겨울 낙엽이 뒹구는 모습은 왠지 스산하게만 느껴집니다.

결국은 낭만도 배고프지 않고 등이 춥지 않아야 나오는 것 같습니다. 사람은 누구나 수많은 인연 속에서 많은 일을 겪으며 살아가지요. 오늘은 성격이 둥근 사람과 두루뭉술한 사람 이야기를 해보고자 합니다.

둥근 것과 두루뭉술한 것은 비슷해 보이지만, 성격적으로 완전한 차이를 가지고 있습니다. 성격이 둥근 것은 모난 데가 없어 사람들에게 위화감 없이 온화함을 주지만, 성격이 두루뭉술한 것은 이것도 아니고 저것도 아니어서 같이 생활하는 동료들 입장에서는 애매하게 불편한 존재가 될 때가 많습니다.

사계절 스스로 꾸준히

마치 볼펜으로 글을 쓰는데, 볼펜 속 잉크가 나왔다 안 나왔다 하면 짜증이 나듯이 말입니다. 사람과 사람 사이에 의견을 전달할 때도 명확하지 못한 의견전달이 오류를 가져옵니다. 소리는 들었는데, 무슨 말인지 몰라 듣는 사람이 난처한 예도 있습니다. 그러다가 들은 사람이 자의적으로 생각해 일을 처리했을 때는 낭패를 보기도 하지요.

이것이 두루뭉술한 사람과 살다 보면 생기는 일입니다. 마치 교통안내 이정표와 차선이 뚜렷하지 못해서 차 방향을 잘못 잡는 것과 같은 꼴이 되지요. 그래서 둥글고 모나지 않은 성격은 좋으나, 주관이 약한 성격은 주변을 불편하게 합니다.

찬란한 침묵

칼바람과 함께 눈이 내리는 겨울입니다. 같은 눈이라도 사나운 바람이 없다면 눈도 포근하게 느껴질 때가 있는데, 매서운 칼바람 앞에서는 어쩔 수 없습니다. 이러한 혹독한 추위 속에서 눈이라도 치우려면 눈물 날만큼 힘이 들곤 합니다.

바깥에 볼일이 있어서 출타出他(스님들이 볼일이 있어서 절에서 외출하는 것) 후 절로 들어와 절 마당을 거닐었습니다. 하늘을 보니 이름 모를 새떼들이 날고 있었습니다. 태어난 이상 열심히 사는 날짐승들과 들짐승들을 보면 참 배울 점이 많습니다. 나 자신이 나태하고 게으를 때는 더욱 그러합니다.

숲이 있는 겨울 산을 바라보았습니다. 봄, 여름, 가을이 주는 숲의 매력이 화사함, 푸르름, 풍성함이었다면 겨울이 주는 숲의 매력은 침묵의 찬란함입니다. 사람이란 즐거움과 혼란에 빠져 자신을 돌이켜 보는 것이 소홀할 때가 있습니다. 겨울이 오기 전 잎사귀에 가려져 보지 못한 숲속을 겨울이 익어가며 차츰차츰 훤히 보게 됩니다. 그 모습은 침묵 속에서 나를 지켜보는 시간과 같습니다. 이때의 침묵은 나를 밝혀주는 찬란한 빛이 됩니다.

은사 스님의
승무 공연

12월 중순, 올해도 어김없이 은사 스님께서 대전시립 연정 국악원에서 전통춤 공연을 하셨습니다. 해마다 '결식아동과 불우이웃 돕기' 공연을 하신 지 벌써 20여 년이 됩니다. 은사 스님께서는 조계종 스님으로서는 최초로 대전광역시 무형문화재 제15호 승무 인간문화재로 등록되신 법우法雨 스님이십니다.

저는 군산에서 스님들, 신도님들과 대전으로 가서 은사 스님 공연을 관람하였습니다. 해마다 보는 전통춤이지만, 정중동靜中動이 어우러지는 춤사위는 초지일관 나를 비롯한 관객들에게 환호성을 자아냅니다.

이러한 모습은 중생들의 애환을 풀어주는 몸동작의 법문입니다. 오늘 선보인 춤은 오행나비춤, 승무, 달구벌 굿거리춤, 도살풀이춤, 중간에 감칠맛을 넣기 위해 육자배기창, 그다음 사품정감, 승천무, 살풀이춤, 입춤으로 마무리 지었습니다.

추운 겨울이었지만 공연장 뒷면 벽에 비친 무대배경이 신선이 사는 동네라서인지 춤을 추는 춤꾼은 그야말로 남자는 신선이 되고, 여자는 신선과 함께 노니는 선녀처럼 보였습니다. 이 춤을 관람하는 저는 춤에 도취되어 신선도 부럽지 않은 경지에 이르렀습니다.

스님, 은사 스님! 올해 춘추春秋가 고희古稀이신데 공연하시느라 근념勤念(절 집안에서 어른들에게 쓰는 말로 수고하셨다는 말의 극존칭의 해당하는 표현)하셨습니다. 은사 스님은 만인의 마음을 달래주는 관세음보살님이십니다. 부디 오래오래 만수무강萬壽無疆 하소서!

신세

우리 모두는 신세身世 지고 태어나서 신세 지고 갑니다. 부모님 몸 빌려서 나온 것도 신세이고 허락 없이 마시는 공기나 산에 올라 길을 가다가 목마르면 먹는 약수터 물과 잠시 벤치나 나무 밑에 앉아 쉬는 것도 여전히 신세입니다. 그뿐인가요? 길 가다 길 모르면 사람들에게 물어보는 것도 그러하지요.

우리 삶의 기본인 의식주 자체도 내 손으로 손수 해결한 것이 얼마나 될까요? 이렇게 신세 지고 사는 인생 '늘 감사하고, 덕분입니다' 하는 마음을 가져야 합니다. 개중에는 이렇게 신세 지고 사는 것도 모르고 더 못 가져가서, 더 못 누려서 한탄하시는 분들도 있습니다.

"더 가지려고 하는 것은 고통입니다."

정당한 노력에 의한 필요한 것을 누리는 만족은 절대로 신세 한탄이 나올 수가 없습니다. 또한, 정당한 노력에 의해 필요한 것을 얻은 것도 모두가 주변의 인연과 함께 어우러진 '신세진 성과'입니다. 이렇게 신세 지고 사는 인생, 이왕이면 선행으로 보답하고 사는 것이 신세를 갚는 겁니다.

어떤 사람들은 착하게 사는 것이, 악하고 약은 사람에게 당할 때가 많아서 쉽지 않다고 합니다. 그렇다고 악하게 산다면 본인 스스로 지옥을 만드는 겁니다. 순간적으로 손해 보기 싫어 자기 욕심을 위하여 지옥을 만드는 게 낫겠습니까? 잠시 손해 보더라도 선한 행동으로 극락을 만드는 것이 낫겠습니까?

말과 생각

살면서 조심하라는 것 중에 입조심 하라는 말을 제일 많이 하고, 제일 많이 듣습니다. 그릇된 생각은 말로 나오기 전에는 그냥 생각으로 남기거나 돌이켜 지워버리면 됩니다. 정당하게 따질 말도 상대에 따라 훈계 차원에서 화를 낼 수도 있지만, 그렇지 않으면 화내지 않고 부드럽게 말을 하면 다음에는 덕德으로 돌아옵니다.

하지만 악한 말로 화를 내버리면 도로 화가 되지요. 조그만 실수에서 큰 실수까지, 말이 나오기 전에 생각으로 정리하면 실수를 줄일 수 있습니다. 아무리 조심해도 상대가 고의로 트집을 잡는 경우 본인의 실수가 아니라도 피해갈 수 없는 마찰이 되기도 합니다.

옛 어른들 말씀 중에 "옷을 재단할 때 자로 재는 것을 세 번 하고 난 후 자르라."라고 하셨습니다. 말도 신중하게 세 번은 생각하고 해야겠습니다.

걱정과 고민

세상살이가 고민이 없다는 것은 있을 수 없으나, 고민에 너무 빠지는 것도 생각해 보아야 할 문제입니다. 옛이야기 중에 짚신 장사를 하는 아들과 우산 장사를 하는 아들을 둔 어머니 얘기가 있죠. 비가 오면 짚신이 안 팔릴까 걱정하고, 날씨가 맑으면 우산이 안 팔릴까 걱정하는 어머니. 반대로 비가 오면 우산이 잘 팔릴 것이고 맑은 날에는 짚신이 잘 팔린다고 생각하면 좋은데 말입니다. 걱정하고 고민한다고 해서 될 일이 안 되는 것도 아니고, 안 될 일이 되는 것도 아닙니다.

　오늘은 크리스마스인데 비가 옵니다. 눈이 오는 화이트 크리스마스를 많은 사람이 기대했을 것입니다. 그러나 오늘처럼 비 오는 크리스마스도 있습니다. 일이라는 것이 내 뜻대로만 되면 얼마나 좋겠습니까. 사람 중에는 해보지도 않고 고민하는 사람, 하면서도 될까 안 될까 고민하는 사람,

아직 결정되지도 않았는데 미리 고민하는 사람 등 지나치게 고민에 빠지는 사람들이 있습니다. 그러나 이러한 고민과 걱정은 스스로 마음의 병을 만드는 것입니다. 심해지면 원인을 찾을 수 없는 신경쇠약 같은 병도 생깁니다.

고민에 빠지기 전에 지금 주어진 일에 집중하는 것이 바람직하며 걱정과 고민은 적당히 해야 일의 성취율을 높힙니다.

사계절 스스로 꾸준히

띠띠니의 소원

올해도 얼마 남지 않았습니다. 얼마 남지 않은 생을 병원에서 보내고 있는 띠띠니에게 요 며칠 병문안을 계속 다녀왔습니다. 띠띠니는 "예전에는 현재의 엄마 딸로 다시 태어나고 싶었는데, 이제는 다시 태어난다면 스님과 인연 있는 곳에 태어나 출가하는 게 소원이에요."라고 말합니다.

그 말에 저는 "될 수 있는 한 완쾌되면 좋고, 다시 태어나면 저와 인연 맺어 출가하여 같이 수행합시다."라고 띠띠니와 기도하였습니다. 어찌나 눈물이 나는지 기도하면서도 많은 눈물을 흘렸습니다.

띠띠니는 몸이 너무 고통스러울 때는, 관세음보살님께어서 빨리 저승으로 데려다 달라고 기도를 드린다고 합니다. 얼마나 고통스러우면 이런 말을 할까 하는 생각에 안타까움은 이루 말할 수 없습니다.

며칠 전에는 초등학생 딸이 옆에 있는 줄도 모르고, 빨리

죽었으면 좋겠다는 말을 했답니다. 그 말을 들은 딸이 "엄마 백 살까지 살 수 있어, 무슨 소리야."라고 했답니다. 고통이 너무 심하기에 한 소리였지만 아직은 어린 열한 살짜리 딸이 아픈 엄마의 모습을 보면 심정이 어떨지…….

모든 걸 내려놓았다는 띠띠니. 겨우 서른두 살의 나이에 타국에서 이렇게 생을 마감해야 하는 띠띠니의 모습을 보는 저도 인생의 무상함을 느낍니다.

섣달그믐
덕담

오늘은 음력으로 한해의 마지막 날 섣달그믐입니다. 내일 이면 새해가 시작되지요. 한해의 마지막 날은 "감사합니다. 덕분입니다."라는 감사의 인사와 함께 새해의 건강을 기원 하는 덕담을 주고받습니다. 참으로 아름다운 풍경입니다.

오늘 밤 올해의 마지막 날을 보내지 말고,
마지막 남은 미움을 보내시고,
마지막 남은 시기를 보내시고,
마지막 남은 질투를 보내시고,
그러고 나서 마지막 날을 보내세요.
만약 이렇게 하셨다면 여러분의 마음에는
오직 사랑만이 남아있을 것입니다.
이러하신 분들이 모여 이 세상은 가장 아름다운 한 송이 꽃
이 되어 새해를 맞이할 것이며,

그렇기에 새해는 아주 깨끗할 것입니다.

올해니 새해니 말해도 해는 늘 뜨고 집니다. 하지만 미움과 시기와 질투가 남아있는 한 새해가 와도 미움이라는, 시기라는, 질투라는 해는 그대로입니다. 사랑 속에 맞이하는 해는 올해나 새해나 늘 사랑의 꽃이 될 것입니다.

새해와
보름달

2018년 무술년戊戌年 첫날 아침 신도 부부로부터 전화가 왔습니다. 임실 상이암에 계시는 동묘 스님께 새해 인사를 드리러 가자는 것입니다. 동묘 스님은 정토학淨土學의 대가로서 평소에 제가 존경하는 스님이십니다.

신도 부부 차를 타고 군산에서 임실로 향했습니다. 군산에서 임실로 가는 고속도로를 달리던 중 유리창 밖 아름다운 산세와 함께 새해를 맞이했습니다. 얼마나 아름다웠는지 차 안 유리창이 마치 아름다운 영화의 한 장면을 보여주는 스크린 같았습니다. 쉰 살 새해를 달리는 차 안에서 아름다운 영화처럼 맞이한 것입니다.

세월이 가는 것이 어렸을 때는 유수와 같았는데, 나이를 점점 먹을수록 화살과 같음을 느낍니다. 유행가 가사처럼 '아니 벌써' 하는 순간 올해가 지난간 작년이 되고, 내년이 올해가 되어버렸으니까요!

어느덧 임실 상이암 입구에 도착했는데, 상이암이 있는 산은 눈이 내려 올라가는 도로가 얼어있는 게 아니겠습니까. 아이고 이를 어쩌나. 낙담이 되었습니다. 바깥은 도로가 말짱했는데, 상이암 주변은 눈으로 얼어있었습니다. 차가 못 올라가니, 가지고 온 공양물을 거사님과 이고 지고 끙끙거리며 올라갔습니다.

동묘 스님께 인사를 드리고, 후원(절에서는 부엌을 후원이라고 한다)에서 차를 마시면서 서로 덕담을 주고받았습니다. 스님을 오랜만에 뵈니 더 정겨웠습니다. 덕담을 주고받은 후 상이암 스님께서 주시는 책 한 박스와 선물을 받고, 신도님들께 후한 공양 대접을 받은 후 은적사로 돌아왔습니다. 저녁 무렵, 은적사에 모셔놓은 석불 미륵부처님과 대웅전 하늘 위로 훤한 보름달이 떠올라 있었습니다. 새해 첫날이자 음력으로는 11월 15일 보름이었습니다.

과거는 이미 다 써버린 현금이지만, 현재는 써야 할 현금입니다. 마음을 현재에 집중하여 현금을 누리는 지혜로운 자가 되어야 합니다. 세상과 인생이 늘 즐거워서 밝은 것이 아니고, 때로는 힘들어도 밝은 마음을 유지하려 노력하는 것이 나를 달처럼 빛나게 합니다. 그러다 보면 꿈은 이루어집니다.

미움과 질투

새해도 어느덧 일주일이 지나갑니다. 이러다가 '어!' 하는 순간 연말이 되는 것입니다. 사람과 사람 사이에 미움이 없는 세계가 바로 극락세계입니다. 그래서 같은 지구의 공간 각자 나라에 태어나 미움이 없는 사람만 존재하는 사람들을 만난다면, 당연히 그 사람은 극락의 삶을 누리는 것입니다.

이러한 삶을 희망해 보지만 인생살이가 어처구니없는 사건과 여러 상처로 힘들어집니다. 그러다 보면 본의 아니게 마음에 미움이 싹트고 가만히 내버려 두면 미움의 싹이 점점 커져 상대보다 미워하는 내가 더 괴롭습니다.

세상은 좋은 일도 한때, 안 좋은 일도 한때, 그에 따르는 즐거움도 한때 괴로움도 한때랍니다.

이러한 인생의 일상생활은 지구라는 별에 우리가 잠시 머물다 가듯이 지나가는 나그네와 같은 것입니다. 이왕이면 미움을 버려야 마음이 가볍고 편안합니다. 그리고 이왕이면 사랑을 가져야 가는 길이 행복합니다.

언제나 선택은 본인이 합니다. 미움과 더불어 따라다니는 것이 시기와 질투입니다. 상대가 시기하고 질투하는 것은 본인이 나보다 더 못났다고 증명하는 겁니다. 알고 보면 시기와 질투를 받는 것이 행복한 일입니다.

사색의 힘

어제는 바람이 싸늘하다 못해 칼날 같은 바람이 부는 겨울 저녁이었습니다. 새벽에 일어나 보니 절 마당에 차가운 바람과 함께 눈이 쌓이고 있었습니다. 어느 정도 찬바람이 수그러진 후에야 눈을 치우고 제 방으로 들어왔습니다.

잠시 몸 좀 녹일 겸 차를 마시니 쌓인 눈을 치우고 마시는 차 한 잔도 그림 같은 설경과 함께 어우러져 일품이었습니다. 눈으로는 설경의 맛을 보고, 입으로는 차 맛을 보니 눈과 입이 그저 즐거울 뿐입니다. 순간 눈 치운 피곤함은 어디로 가버렸습니다. 그저 무한히 행복했습니다.

오늘은 식자識者와 현자賢者에 대해서 가만히 생각해 보았습니다. 식자識者라는 말은 주로 지식이 풍부한 분을 가리키고, 현자賢者는 어질면서 판단력이 좋으신 덕행이 있으신 분을 말합니다. 요새는 워낙 인터넷이 발달해서 검색만으로도 지식을 얻기 쉬운 시대입니다. 예전에는 식자라는 말이 무색하지 않았는데, 이제는 식자라는 말이 옛 단어인 것만 같습니다.

컴퓨터는 많은 정보, 즉 우리가 말하는 지식이 입력되어 있습니다. 그렇기에 사람과 컴퓨터를 지식의 양으로 비교한다면 우리는 컴퓨터보다 못하겠죠. 하지만 컴퓨터는 사람이 만들었고 결국 모든 최종 판단은 사람이 합니다.

그리고 우리는 이렇게 얻은 지식을 지혜로 전화시켜야 합니다. 여기서 지식을 지혜로 전환하는 것이 현자의 삶입니다. 그리고 이 지식을 지혜로 전환하는 순간, 검색에만 머물고 지식으로만 머물지 않게 사색하는 것이 또한 현자의 삶입니다.

"남에게 얻은 지식은 웅덩이에 고인 물이지만, 내가 체득한 지식은 끝없이 나오는 샘물과 같습니다."

이것이 사색의 힘입니다. 절에서 수행하는 참선도 깊은 사색입니다. 이것이 사색의 뿌리입니다. 사색이 식자를 현자로 만듭니다.

자비, 지혜, 중도

어제까지만 해도 싸늘한 추위와 함께 눈이 쌓이고 있었는데, 오늘은 날씨가 풀려 처마에 매달려 있던 고드름이 녹아 빗방울처럼 흘러내리고 있습니다. 싸늘하고 꽁꽁 얼었던 추위가 햇빛에 풀리듯 모든 사람의 서러움과 장애도 자비와 지혜가 결국 풀어줍니다.

"자비는 이성을 갖춘 감정입니다. 반면에 지혜는 융통성을 갖춘 이성입니다."

자비와 지혜는 표현은 다르지만 늘 같이 있는 새의 양쪽 날개와 같습니다. 지혜가 없는 인정은 자비라고 표현하기 힘듭니다. 노름꾼에게 보시하는 사람을 자비심이 많다고 표현할 수 없습니다. 이러한 경우는 이성을 잃은 감정일 뿐입니다. 자비가 없는 이성은 지혜라고 말하기 힘듭니다.

아무리 나쁜 사람이라도 죄는 미워하되 사람은 미워하지 말라 했습니다. 이러한 경우는 인정이 없는 이성과도 같습니다. 지혜 속에는 자비가 있고, 자비 속에는 지혜가 있습니다. 이것이 중도입니다.

　새가 한쪽 날개만 있으면, 하늘을 날지 못하듯 중도는 어느 한쪽에 치우침 없이 양쪽 날개를 펄럭이면서 걸림 없이 가는 해탈解脫의 길입니다.

띠띠니의 운명

추운 겨울 저녁 직장암으로 살 날이 얼마 남지 않은 베트남 새댁 띠띠니 후배로부터 전화가 왔습니다.

"스님, 언니 생명이 얼마 남지 않은 것 같아요!"

바로 이틀 전 저도 띠띠니 새댁이 입원한 호스피스 병원에 가서 기도를 해주고 온 상태였습니다. 하지만 그날은 서울에 사는 도반 스님께서 나를 만나러 군산으로 내려오시는 길이라 베트남 새댁에게 갈 수가 없었습니다.

후배에게 이러한 제 처지를 설명하고, 저는 절에서 베트남 새댁을 위해 염불하기로 했습니다. 도반을 기다리는 동안 열심히 아미타불을 염하면서, 베트남 새댁의 극락왕생을 발원했습니다.

무슨 업보로 베트남에서 스무 살에 한국으로 시집와 본인 가족들과 열한 살 딸아이를 남겨놓고 서른두 살 한창 나이에 타국에서 운명을 다하게 된 걸까요. 기도 중 도반이 찾아와 이런 얘기, 저런 얘기 하다가 늦게 잠이 들었습니다.
그런데 12시가 다 됐을 무렵 문자가 왔습니다.

"밤늦게 죄송합니다. 언니께서 운명하셨습니다."

나무 관세음보살. 부디 베트남 새댁 황 띠띠니 극락왕생
하소서!

바이올린과
겨울 저녁

오랜만에 바이올린 소리를 듣고 싶어 영화 〈대부〉 주제음악 'The godfather'를 바이올린과 여러 가지 악기 소리와 어울려 들었습니다. 모든 연주자가 단지 손으로만 입으로만 악기를 다루는 것이 아니라 몸 전체의 전율을 느껴가면서, 온 힘을 쏟는 모습을 보면 경이로움이 저절로 나옵니다.

동양의 대표적 현악기 거문고도 이렇게 듣다 보면 마찬가지입니다. 부처님께서는 도道 닦는 데 방해된다고, 음악과 춤을 경계하라고 하셨지만 도道 닦는 것이 집 짓는 것처럼 금방 되는 것이 아니기에 때론 부처님의 명을 어기며 그저 바이올린 소리와 함께 겨울 저녁을 지내봅니다.

봄에는 활짝 핀 꽃이 되어 조약돌 사이로 흐르는 물소리를 듣고 싶고, 겨울 저녁은 별이 되어 구름 사이로 흘러가는 바람 소리를 듣고 싶습니다.

겨울　　　　　　　　　　　　　　　　　　　　　　**165**

착하고
지혜롭게

세상의 모든 것이 변해도 변하지 않는 법이 있습니다. 그것은 바로 인과응보입니다. 우리가 아는 속담 중에 '콩 심은데 콩 나고, 팥 심은 데 팥 난다'라는 말이 있습니다. 이것은 누구나 다 아는 내용이고 이치입니다.

하지만 이러한 이치를 알면서도 이를 망각하는 사람들이 많습니다. 이들은 대부분 탐진치貪嗔痴라는 삼독三毒에 의해 이러한 인과법칙을 잊게 됩니다. 결국은 몰라서 죄를 짓는 것보다 알면서도 욕심과 화, 그리고 어리석은 마음 때문에 죄를 짓게 되는 것입니다. 하지만 자기가 지은 죄는 언젠가는 스스로 받게 됩니다. 이것이 자업자득自業自得 자작자수自作自受입니다. 때로는 사람들이 이렇게 반문합니다.

"착하지도 않고 정말 못된 사람이 더 잘 사는데요?"

이러한 사람이 이생에 잘 사는 이유는 전생에 지어놓은 복이 있어서입니다. 그 복을 지금 다 까먹고 있는 것이지요.

반면에 착하고 성실하신 분인데도 고생하며 사시는 분들도 있을 겁니다. 이분들은 전생에 지은 복이 적어서입니다. 이 또한 인과법칙에서 벗어 날 수 없는 것입니다. 그럼 복이란 무엇일까요? 복은 크게 삼복三福과 사복四福으로 분류합니다.

삼복은 첫 번째가 작복作福입니다. 즉 복을 짓는 겁니다. 둘째는 지복知福입니다. 지복은 자기 복량福量을 아는 겁니다. 여기서 자기의 그릇을 아는 것이 이 지복에 해당합니다. 하지만 자기의 그릇이 고정되어 변하지 않을 것이라는 생각은 그릇된 생각입니다. 본인이 열심히 노력하다 보면 그릇도 커집니다. 이것 또한 지복입니다.

세 번째는 석복惜福입니다. 석복은 복을 아낄 줄 아는 겁니다. 즉 복을 함부로 쓰지 않고 아껴 쓰는 것입니다. 부자가 되는 길은 성실히 노력하는 것도 중요하지만, 잘 아끼는 것도 중요 합니다. 사복은 앞의 삼복 중 작복作福을 종복種福과 배복培福으로 좀 더 세분화시킨 것입니다. 종복種福은 복을 심는 것이고 배복培福은 심은 복을 더 증장시키는 것입니다.

여기서 지복知福과 석복惜福은 문수文殊보살의 지혜智慧 요소라면, 작복作福과 종복種福과 배복培福은 보현普賢보살의 실천적 요소입니다.

성공의
삼박자

10여 년 만에 찾아온 한파가 계속되다 오늘 좀 날이 풀리는 것 같습니다. 며칠 지나면 입춘인데 이때 꽃샘추위가 또 오겠죠? 그러다 보면 봄이 살며시 접어들 것입니다. 자연의 섭리가 이러하듯이 모든 일은 때에 맞추어 생활하는 습성이 중요합니다. 급한 일을 할 때도 행동은 빨리 움직여야 하나 마음은 느긋해야 합니다.

만약 마음이 혼란하고 정신이 없다면 화살로 목표물을 맞히고자 할 때 아무리 빨리 쏘아도 안정된 조준이 안 되면 목표물에서 벗어나는 것과 같이 일이 순조롭게 되기가 힘듭니다. 이는 성공에 있어서도 마찬가지입니다.

성공에는 삼박자가 있습니다. 성공의 삼박자는 인연에 순응하며, 인연을 파악하고, 인연을 창조하는 것입니다. 성공한 사람의 습성을 보면 자기의 꿈을 가지고 본인의 의욕을 잘 조절하면서 인연에 순응하며 상황을 파악하고 기회

사계절 스스로 꾸준히

가 왔을 때 호랑이가 먹이를 낚아채듯 차분하면서도 매섭
게 일을 추진해 나갑니다.

길도
내 손안에

입춘날 아침인데 눈이 소복하게 쌓였습니다. 입춘법회 참석차 오시는 신도분들을 위해 아침밥을 먹고 눈을 치우며 길을 냅니다. 겨울이 아쉬움이 있어 눈으로 세상을 덮는지는 모르겠으나, 하얀 세상을 만든 눈을 치우며 길을 내다가 휴대전화에 설경을 잠시 담아봅니다.

때로는 춥고 귀찮아서 이불 속에서 몸을 데우고 싶지만 내가 낸 길로 많은 분이 법당을 향해 오신다는 것을 생각하면 그저 신이 납니다.

세상은 길이 다 있습니다. 그리고 그 길을 걸어갑니다. 사람 중에는 길을 만들어 가는 사람이 있고, 만든 길을 걸어가는 사람도 있습니다. 길을 만들어 가는 사람은 나 아닌 다른 사람도 길을 걷게 하는 복을 짓습니다.

가는 길만 그런 것이 아닙니다. 인생길 자체도 개척을 잘한 사람은 사람을 좋은 곳으로 인도합니다. 길이라는 것이 본래 있었던 것이 아닙니다. 만들어진 길도 살다 보면 막히기도 합니다. 길이 막히면, 길을 뚫거나 돌아서라도 가야 합니다. 마치 하수구가 막히어 물이 다시 역류하게 되면 하수구를 뚫는 일이 먼저듯이 막힌 길을 뚫어야 합니다. 결국은 길도 내 손안에 있습니다.

종교는
마음씀의 대명사

외로운 이에게 사랑을 베푸는 분은 하나님도 아니고,
부처님도 아니고, 사람입니다.

가난한 이에게 의식주를 베푸는 분은 하나님도 아니고,
부처님도 아니고, 사람입니다.

상처받은 사람에게 상처를 치유해주고 위로해 주는 분은
하나님도 아니고, 부처님도 아니고, 그저 사람입니다.

괴로운 이에게 괴로움을 달래며 편안함을 주는 이 또한
하나님도 아니고, 부처님도 아니고, 사람입니다.

하나님은 사랑이라는 마음의 대명사이고,
부처님은 자비라는 마음의 대명사입니다.

돌로 만들어진 하나님 형상이나, 부처님 형상은 망치로 때
리면 부서지고, 나무로 만든 하나님이나 부처님 형상은 불
로 태우면 없어지고, 흙으로 만든 하나님이나 부처님은 물

에 담가 주무르면 없어집니다.

하지만 사랑하는 마음을 내면 본인의 마음에서 사랑이 식지 않는 한 어느 누가 막으려 해도 막을 수 없고, 자비스러운 마음을 내면 본인의 마음이 식지 않는 한 어느 누가 막으려 해도 막을 수가 없습니다.

그래서 세상의 모든 것을 잡아매어 막을 수 있고 없앨 수 있다 하더라도, 마음은 그럴 수 없습니다. 사랑하는 두 남녀 사이를 보더라도 서로의 몸뚱이를 강제로 멀리 떨어뜨려도 사랑하는 마음은 막을 수도 없앨 수도 없는 것과 같습니다.

결국은 하나님은 사랑의 대명사이고, 부처님은 자비의 대명사입니다. 이처럼 종교라는 것은 성인의 가르침을 통해서 내 마음의 진실과 진리를 내 마음에서 보는 것입니다. 바깥에서 따로 하나님이나 부처님을 찾는 것은 옷 주머니 속에 보석을 두고 바깥에서 보석을 찾는 것입니다.

바깥 세계는 마음이 보는 시시각각 변화작용이며, 외부의 대상일 뿐입니다. 진리와 진실은 마음으로부터 찾아야 합니다.

사주와 운명

사람들이 힘들거나 짜증이 나면 "아이고, 내 팔자야!" 하면서 신세 한탄을 합니다. 때로는 어떤 사람들은 사주대로 산다고 합니다. 사주는 전생에 지어놓은 업業입니다. 하지만 우리는 현재 지금 살아가고 있습니다. 사주를 참고는 할 수 있지만, 사주를 맹신하는 것은 바보지요. 경전을 보면 부처님과 제자가 다음과 같은 문답을 합니다. "부처님 전생이 있습니까?" "네가 지금 살아가는 것을 보면 전생을 알 수 있느니라!" "그러면 내생이 있습니까?" "네가 지금 어떻게 살아가느냐에 따라 내생이 결정되느니라!"

그렇습니다. 과거의 행이 오늘의 모습으로 나타나고, 오늘의 행이 미래의 모습으로 전환됩니다. 결국은 사주도 전생에 내가 지어놓은 행입니다. 그리고 현재의 행이 미래와 내생의 사주를 만듭니다. 사주대로 사는 것이 아니라 행한 대로 사주가 결정되는 겁니다.

사람은 변하기에 희망도 있는 겁니다. 행동이 변한다면 운명도 변합니다. 운명이 변하지 않는다면 누가 노력을 하겠습니까? 사주팔자가 중요한 것이 아니라 살아가는 모습이 중요합니다.

입춘이 지났는데도 아직도 매서운 바람이 부는 저녁 날씨입니다. 내일 새벽에도 온몸을 덜덜 떨면서 예불을 하겠지요. 비록 몸은 춥지만, 부처님께 예불드리면서 업을 닦아나가다 보면 조금씩 성불의 길로 들어설 것입니다.

힘들어도 현재 내 할 일을 성실히 한다면 미래에는 웃음만 있을 뿐입니다. 현재가 힘들다고 신세 한탄하는 것보다 미래의 웃음을 만들기 위해 열심히 최선을 다하셨으면 합니다.

업業과 기도

세상에 공짜를 싫어하시는 분은 드물 겁니다. 공짜를 싫어
하시는 분도 공짜에 물들면 공짜에 빠져버립니다. 사람들이
공직에 있거나, 회사에 있거나 자기가 버는 것만으로 정당
히 먹고 살아야 합니다. 먹고 사는 데 지장이 없는데도 공금
을 횡령하는 것은 공짜를 좋아하는 심리에서 나옵니다.

처음 공짜로 먹을 때는 좋은 것 같으나 나중에 탄로가 나
토해내라고 하면 여간 고통이 아닐 겁니다. 마치 독이 되는
음식을 잘못 먹었다가 살려고 토해내는 것과 같습니다. 결
국은 공짜가 독이 되는 겁니다. 이러한 것 또한 자기가 지
은 악업이 되는 것입니다.

이러하기에 눈을 조심하여 그릇됨을 보지 말고,
귀를 조심하여 유혹하는 말을 듣지 말며,
코를 조심하여 유혹하는 냄새에 끄달리지 말고,

입을 조심하여 삿된 말에 휘말리지 말며,

몸을 조심하여 서로의 충돌을 피하고,

생각을 조심하여 공짜로 가지려는 마음을 단속해야 합니다.

그러면 선업을 짓지 못할지언정 악업은 짓지 않습니다.

눈으로는 아름다운 것을 보고 상대를 아름답게 봐주고,

귀로는 좋은 말을 듣고, 상대의 부족한 표현도 잘 들어 주며 상대의 마음마저 들어주면 좋고,

코로는 상대가 몸이나 옷에서 냄새가 나더라도 상대의 온정을 맡아줄 수 있으면 되고,

입으로는 좋은 말을 하고, 칭찬을 아끼지 않으면 되고,

몸으로는 봉사를 해주면 되고, 생각을 늘 건전하게 한다면,

선업을 지은 것입니다.

하지만 우리는 알게 모르게 죄업 지은 것이 많습니다. 그러하기에 기도를 해야 합니다. 기도는 장수가 갑옷을 입고 방패를 든 것과 같습니다. 우리가 지어놓은 업은 반드시 받습니다. 날아오는 화살과 휘두르는 창칼은 피하고 막을 수 있어도 인과응보의 화살과 창칼은 피할 수 없습니다.

　이러하기에 뉘우치는 마음을 갑옷을 두껍게 하듯 하면 인과응보의 화살이 깊이 박히지 않습니다. 방패가 야무지면 창과 칼을 방어하듯이 다시는 삿됨이 들어오지 않게 마

음의 삿됨을 방어합니다. 이것이 업장을 막고 업장을 녹이는 기도입니다.

기도는 장작불에 불쏘시개를 넣어 불을 키웁니다. 누구나 살면서 소원이 있을 것입니다. 불씨가 누구나 가지고 있는 에너지라면, 불쏘시개는 본인이 노력으로 복을 짓는 것과 같습니다. 부처님께 공양 올리는 것부터 봉사활동하는 것 등이 기도의 불쏘시개입니다. 그러니 이왕이면 선한 일 짓고, 기도하면서 살아야 합니다.

아침부터 내리던 눈이 밤이 되도록 멈추지 않고 있습니다. 내일 아침에는 이 눈을 치우겠지만 겨울밤 까만 하늘에 빛나는 별들과 땅을 덮은 반짝이는 눈은 너무나 아름답습니다.

사계절 스스로 꾸준히

삶의 아름다운 마무리

잠시 나갔다 와 보니 전깃불은 켜있고 수돗물은 그냥 흘러넘치고 있습니다. 가끔은 손에 들고 있는데도 정신없이 물건을 찾기도 합니다. 그리고 잘 둔다고 둔 물건을 어디에 두었는지 도통 생각나지 않기도 합니다. 건망증이지만 더 심해지면 치매가 된다고들 합니다. 요즘은 젊은 나이에 치매가 오는 경우도 가끔 있다지만 나이가 들수록 걱정입니다.

치매가 걸려도 무의식중에 길들어진 습관은 없어지지 않습니다. 습관이라는 것이 나도 모르게 나오니까요! 그리고 무의식중에도 꼭 기억하고 싶은 추억은 간직하고 있습니다.

나도 모르게 나오는 습관과 나도 모르게 나오는 추억을 위해 습관도, 추억도 곱게 물을 들여야 가을 단풍처럼 아름다울 것입니다.

삶이라는 것이 얼마나 살았느냐보다 어떻게 살았느냐가 중요하고, 어떻게 살았느냐보다도, 어떻게 살아갈 것인가가 중요합니다.

삶의 아름다운 마무리라는 것이 어느 한순간에 이루어지지 않습니다. '내일부터 잘 해야지' 하는 다짐은 어제도 했습니다.

다짐을 삶 속에 녹여내야 합니다. 다짐을 실천한다면 우리의 삶은 조용히 눈 덮인 겨울 산수화처럼 아름답게 마무리될 것입니다.

영원한 스승

그 혹독한 추위는 어디로 가고 봄을 부르는 포근한 겨울비가 기와지붕 위 눈을 녹이며 흘러내리고 있습니다. 눈은 모든 것을 덮어주고, 바람은 모든 것을 쓸어주고, 비는 모든 것을 닦아 주고, 햇볕은 모든 것을 말려줍니다. 이러한 자연의 섭리에 고개를 숙입니다.

　포근히 내리는 눈앞에 서서 나는 남의 허물을 얼마나 덮어주었나? 빗소리를 들으며 나는 남의 아픔을 얼마나 닦아주었나? 햇빛을 바라보며 나는 남의 마음을 얼마나 따스하게 해주었나? 바람 소리를 들으면서, 나는 나의 섭섭했던 마음을 얼마나 날려 버렸나를 생각해 봅니다. 자연의 가르침이 저에게는 영원한 스승이 됩니다.

감성과 이성의
승화

내렸던 눈이 살살 녹는 2월 13일 낮입니다. 한 달가량 절에서 보이지 않은 보살님이 병원에 입원하셨다고 하기에 신도분들과 함께 병문안을 갔습니다. 병실에 들어서자 "아니, 스님 뭐 하러 오셨어요!"라고 합니다.

스님인 제가 오니까 미안한 마음에서 그런 것이지, 속으로는 좋았을 겁니다. 일반 사람들도 당연히 사람이 어려우면 찾아가 보는 것이 상례인데 스님인 저야 더 잘해야지요. 부처님께서도 수없이 추구하신 인간적 모습이 자비와 지혜였으니까요.

우리가 흔히 쓰는 표현 중에 '인간적'이라는 표현이 가슴에 와 닿지 '신神적'이라는 표현은 너무 동떨어진 느낌입니다. 부처님 경전을 보면 수많은 신이 자비와 지혜를 구족하신 부처님께 귀의합니다. 바로 최고의 덕행을 닦은 인간적인 모습이라 그러한 것입니다.

사계절 스스로 꾸준히

병원에 입원하신 불자님을 위해 저와 신도들이 반야심경을 독송하고 빠른 쾌유를 축원했습니다. 사람이 기쁠 땐 같이 기뻐해 주고, 슬플 땐 서로 위로해주는 것은 누구나 아는 바입니다. 이것이 사람살이 중 최고의 희열입니다.

일할 때는 이성이 우선이지만, 서로 숨 쉬고 살아가며 온정을 느끼는 것은 감성이 우선입니다. 얼었던 눈을 녹이는 것은 따뜻한 햇볕이지요. 차가운 이성과 따뜻한 감성의 온도를 조절한다면 지혜와 자비는 완벽해질 것입니다.

늘
함께하는 마음

어느 정도 날씨는 풀려 봄기운은 점점 다가오는데, 요새 군산 경기가 점점 어렵습니다. 현대조선과 한국GM이 군산 경제에 50퍼센트 정도를 차지하는데, 작년에는 현대조선이 문을 닫고, 오월이면 한국GM이 문을 닫습니다. 아침에 일어나 출근할 곳이 없어진 분들, 부모님 봉양하고 처자식 부양하셔야 하는 분들, 이러한 가장의 심정을 생각하면 안타깝기만 합니다.

신심이 돈독하신 한국GM에 다니시는 거사님께서 오늘 법회에 나오셨는데 초췌한 모습이었습니다. 사람이 살면서 어려운 일이야 겪지 않을 수는 없지만, 참으로 안타까운 마음입니다. 세상 이치라는 것이 나만 잘 살면 나에게는 탈이 없을 것 같지만, 나 이외에 못사는 사람의 서러움과 곤궁함이 쌓이면 사회가 혼란해지고 심지어는 폭동과 범죄도 유발합니다.

둘러보면 서로서로 모두가 잘 살아야 잘사는 것입니다. 동물들이야 먹을 것과 잘 곳만 있으면 삶에 불만이 없지만, 사람들은 필요한 것이 더 많기에 궁핍해지면 오히려 동물보다 더 고통스러워집니다.

동물들이 자살했다는 소리는 아직 못 들어 봤습니다. 알고 보면 더 많이 누렸던 즐거움을 나중에 누리지 못할 때는 그만큼 고통이 따르는 법입니다. 하지만 즐거움도 한때 괴로움도 한때입니다. 이럴 때일수록 우리 국민과 이웃이 힘들어도 늘 함께하는 마음으로 살았으면 합니다.

겨울

손길

겨울철 착용했던 목도리가 보푸라기가 많이 생겨 다시 하자니 보기에 좋지 않고, 버리자니 아까워 궁리 끝에 얇은 누비옷 속에 내피를 대기로 했습니다. 바느질에 능숙한 제가 아니기에 누비옷을 뒤집어 이렇게도 대보고, 저렇게도 대보며 재단을 여러 번 하며 바느질을 시작했습니다. 한참을 하다가 뭔가 제대로 된 것 같지 않아 옷을 뒤집어 보니 실이 천 바깥까지 나와 있었습니다.

맥이 약간 풀렸지만, 그래도 웃으면서 "아직까진 서투르니까!"하고 꿰매다 만 실을 풀어 다시 바느질해서 어느 정도 제 수준에 맞게 마무리를 지었습니다.

사람 손이 무섭다는 말이 있습니다. 태산같이 쌓인 일도 여러 사람들의 손길이 닿으면 어느새 마무리가 됩니다. 손길이라는 것이 황무지도 꽃을 가꾸어 길을 만들면 마음길이 열려 발길을 닿게 합니다.

봄에 농부의 손길이 닿은 예쁜 밭고랑은 지나가는 발길을 멈추게 합니다. 코흘리개 어린아이를 엄마의 손길로 씻어주면, 어린아이는 더욱 예쁘기만 합니다. 힘들고 지친 사람의 등을 쓰다듬어 주고, 어루만져 주는 손길은 상대에게 커다란 위안이 됩니다. 따뜻한 손길은 따뜻한 마음길입니다. 따뜻한 손길 닿는 곳에 발길도 닿습니다.

비움과 포기

한 원숭이가 나무 위에 있으면서 양손에 바나나를 들고 있습니다. 지나가는 관광객이 그 원숭이에게 먹을 것을 던져줍니다. 그 원숭이는 먹을 것을 받으려다 양손에 있는 바나나를 놓쳐버립니다. 그나마 관광객이 던져준 바나나마저도 타이밍을 못 맞추어 놓쳐버립니다.

또 다른 원숭이가 나무 위에 있습니다. 이 원숭이도 양손에 바나나를 들고 있습니다. 나무 위에서 저 멀리 관광객이 오는 것을 봅니다. 양손에 있는 바나나를 나뭇가지 사이에 떨어지지 않게 잘 걸쳐 놓습니다. 드디어 관광객이 지나가다 바나나를 그 원숭이에게 던져줍니다. 양손을 비운 원숭이는 실수하지 않고 바나나를 받습니다.

첫 번째 원숭이는 놓을 것을 놓지 못해 관광객이 주는 바나나는커녕 양손에 있던 바나나마저도 놓쳐버립니다. 두 번째 원숭이는 양쪽 손에 있는 바나나를 놓고 난 다음 관광객이 던져준 바나나까지 받았습니다. 놓는다는 것은 비우는 것입니다. 비움으로써 저절로 채워지는 것을 아는 것입니다. 이것이 법정 스님께서 늘 말씀하셨던 텅 빈 충만과도 같습니다.

"텅 비울 수 있다는 것은 충분히 만족한다는 것이고, 충분히 만족하려면 텅 비워야 하니까요."

이것이 놓음의 지혜와 행복입니다. 포기는 놓는 것, 비움과 다릅니다. 포기는 하고자 하는 일을 제대로 성취하지 못하고 그만둔 것입니다. 사람에 따라 같은 일을 하더라도 성취가 빠른 사람이 있고, 보통인 사람이 있고, 더딘 사람이 있습니다.

때로는 빠른 사람이 보통인 사람과 더딘 사람을 무시하기도 합니다. 때로는 보통사람과 더딘 사람이 빠른 사람을 시기 질투도 합니다. 다 쓸모없는 짓입니다. 보통사람이나 더딘 사람은 빠른 사람이 본인들이 알지 못하는 전생이나 볼 수 없는 시간에 더 많이 노력한 것을 인정해야 합니다.

결국은 시기와 질투는 '나는 아직 못났소!' 하고 상대에게 증명하는 것이지요. 대신 부족함을 겸손하게 받아들여 나를 발전시키는 시금석으로 삼는다면 이야말로 값어치 있는 일입니다.

봄

떨어진 꽃이라도 꽃이라 예쁩니다

삼일절

바람이 세차게 부는 삼일절 아침입니다. 일제강점기에 고통받던 우리 선조님들 그리고 독립운동을 위해 목숨 바쳤던 순국선열들이 계십니다. 그중에서 대표적으로 이화학당 학생으로서 대학민국 독립 만세를 외치신 분이 계시지요. 가족들은 일본 군인 총상에 죽음을 맞이하고, 본인은 일본 순사에 잡혀 인간으로서는 도저히 감당하기 힘든 고문을 당하면서도 나라를 위해 굴복하지 않고 끝내 숨을 거두어야만 했던 유관순 열사.

　오늘 같은 삼일절이 아니라도 일본의 만행을 우리는 잊어서는 안 될 것입니다. 나라를 위해 목숨을 바친 애국선열께 애도와 경의를 머리 숙여 올립니다. 다른 나라 인류을 짓밟고 영토를 점령하여 인류에 큰 고통을 준 사람들이 그 나라에서는 영웅이라고 불리기도 합니다. 그러나 엄밀히 따져 보면 사람을 많이 죽이고 인류에게 피해를 준 사람들

봄　　　　　　　　　　　　　　　　　　　　　　　　　193

입니다.

그들이 땅을 정복했다고 하나 인류에 강제로 피해를 입힌 것입니다. 살아생전에는 큰소리 치고 살지만, 누구도 죽음을 이기지 못하지요. 항상 피해자들과 피해 나라에 속죄하는 마음으로 살아야 합니다. 인류에 공포와 희생 고통을 주고 환경을 파괴한 전쟁은 없어야 합니다. 존 레논의 'Imagine' 팝송이 생각납니다.

사死의 참다운 미

따스한 봄이 다가오고 있음을 느끼는 날입니다. 오늘 낮에 향년 아흔일곱 살로 아주 온화하게 생을 마감하신 분의 극락왕생을 발원하며 기도를 해 드리고 왔습니다. 인간은 각자가 타고난 복과 건강, 그리고 평소의 생활에 따라 죽음을 맞이합니다.

오늘 생을 마감하신 분은 은적사 신도 어머님이셨습니다. 평생을 원불교의 신도로서 하루에 세 시간 정도 기도를 꾸준히 하셨고 보름 정도 편찮으시다 곱게 돌아가셨습니다.

저의 외할머니께서도 지금으로부터 35년 전 여든여덟 살로 생을 마감하셨는데 돌아가시기 사흘 전까지 당신이 손수 빨래를 하셨을 정도로 건강하시다가 곱게 돌아가신 분입니다. 그때 당시 여든여섯 살이라는 나이는 현시대에 비하면 거의 백 세에 가까운 나이이지요.

당시에 동네에서 최고 고령자이셨던 외할머니께서는 특

별한 종교는 없으셨지만, 항상 손자 손녀들의 건강을 기원하셨습니다. 손자 손녀들과 도란도란 얘기를 나누는 것을 좋아하셨으며 한 번도 화를 내신 적이 없으셨습니다. 그리고 항상 규칙적인 생활을 하신 분이셨습니다.

부처님께서도 생로병사가 고_苦라 하셨듯이 인간으로 태어난 이상 죽음을 피할 수는 없지만, 더 아름답고 고요하게 죽음을 맞이하는 것은 자기의 수양과 수행의 노력에 달려있다고 봅니다. 요즘은 평균 수명이 늘어나 백 세를 넘기시는 분들도 많습니다. 마음도 몸도 곱게 수행하듯 생활한다면 죽음 또한 곱게 맞이할 것입니다. 죽음의 참다운 미는 곱게 살다가 곱게 죽음을 맞이하는 것입니다.

거미의
육전칠기

추웠던 겨울은 온데간데없지만, 아직도 환절기 영향 때문인지 밥을 먹으면 괜히 졸리기도 하고 몸도 조금만 무리하면 뻑적지근한 삼월 초봄입니다.

이럴 때 산과 들을 산책하면서 운동을 하다 보면 몸이 풀리기도 합니다. 초봄 물오른 산과 들은 사람들의 발걸음을 움직이게 합니다. 자연의 아름다움이 우리에게 큰 행복을 느끼게 하기 때문입니다.

봄이 깊어질수록 더욱 그렇겠지요. 산행하다 보면 후미진 곳에 거미가 몸에서 뿜어낸 거미줄을 얼기설기 친 것을 보곤 합니다. 바람이 불지 않으면 괜찮지만 바람이 방해를 하면 거미줄 치는 것도 수없이 실패합니다. 하찮은 미물 같지만 거미에게서도 우리는 인욕을 배워야 합니다.

이러한 거미를 보고 육전칠기六轉七起로 전쟁에서 이긴 역사가 있습니다. 때는 13세기경입니다. 스코틀랜드는 잉글

랜드 북쪽에 있는 나라인데 영국이 침공했습니다. 당시 스코틀랜드 왕은 로버트 브루스Robert Bruce라는 사람이었습니다. 영국과의 전쟁에 여섯 번이나 대항했으나 실패하여 깊은 산속에 피신하였다고 합니다.

숲속 오두막에 누워 빗소리를 들으며 절망에 잠겨있던 중 거미가 거미집을 짓는 모습을 발견하게 됩니다. 집을 짓기 전 줄 한 가닥을 양편에 걸어야 하는데 거미는 여섯 번이나 실패를 거듭한 후에도 포기함이 없이 차근차근 작업하여 일곱 번째 성공하였습니다.

이를 지켜본 브루스는 감탄하고 자신의 상황과 같음을 인식하였습니다. 이에 용기를 가지고 '나도 일곱 번째 시도를 해야지!'라고 다짐을 하며 일어섰습니다. 드디어 일곱 번째 대전 중 영국군을 물리치고 스코틀랜드는 1314년 독립하였습니다.

우리는 평상시에 동물과 곤충들을 하찮은 미물이라 표현합니다. 말 그대로 하찮은 곤충, 벌레 미물이지만 배울 게 너무나도 많습니다. 우리는 모든 사물로부터 늘 배울 수 있는 자세를 갖추어야 합니다. 거미를 통해 저는 인욕을 다시한 번 새기게 됩니다. 누구나 경험과 배움은 접하지만, 마음속에 얼마나 새기고 다짐하고 명심하느냐는 차이가 있습니다. 그 차이가 성공과 실패를 나눕니다.

혼자만의 시간

아직 화사한 꽃은 피지 않았지만, 잔디에 잡풀이 새록새록 피어나는 봄입니다. 며칠 전 제 옆방에 기거했던 대림 거사가 군산 한국GM 공장 폐쇄로 절을 떠났고, 사제가 되는 스님도 저에게 왔다가 오후에 떠났습니다. 그래서 지금은 한가롭게 제 방에 홀로 있는 봄밤입니다.

"모든 것은 저축이 되나 시간은 저축이 되지 않지요."

시간 중에 좋은 인연들과 함께하는 시간이 보석이라면, 혼자만의 시간은 아직 부족한 자신을 보석으로 만드는 시간이 되어야 합니다.

남이 나를 보지 않으니까 편안함에만 안주하면 결국은 게으름과 나태라는 욕망에 내가 속은 것에 불과합니다. 그렇다고 무리하게 달리라는 말은 아닙니다. 그저 남이 보나 보지 않으나 나에게 주어진 일을 해야 한다는 겁니다.

그러다 보면 외로움도 어디론가 사라지고, 혼자만의 시

간이 더 많이 나를 다듬은 시간이 됩니다. 솔 향기가 나는
바람 냄새를 맡으며 혼자만의 시간을 즐기는 봄날 저녁입
니다.

이 꼴, 저 꼴,
내 꼴

남을 비하할 때 "꼴값 떤다." "꼴값하네."라는 말을 씁니다. 얼굴값을 표현한다는 뜻인 꼴값은 어찌 보면 책임감이며 내가 어떤 사람인가를 알게 하는 기준이 되기도 합니다. 그렇기에 사람을 비롯한 모든 만물은 꼴값이 다 있고 그 꼴값을 하게 되어있습니다.

그러나 사람들은 자신의 꼴값은 보지 못하고, 바깥에 보이는 이 꼴, 저 꼴만 보고 판단합니다. 시비를 논하다가 시비한 만큼 본인도 시비에 휩싸이게 되는 것입니다. 그냥 내 꼴부터 잘 보는 게 중요합니다. 본인의 전체 모습, 특히 얼굴 모습은 거울을 보아야 알 수 있듯이 내 꼴을 보려면 돌이켜 나를 스스로 생각해 보아야 합니다. 그러다 보면 내 꼴 보기도 바쁩니다.

부처님께서도 상대에게 충고를 세 번 정도 했는데도 말을 듣지 않는다면 그냥 내버려 두라고 말씀하셨습니다. 결

봄

국은 본인의 잘못된 꼴은 본인이 알아서 고쳐야 되는 겁니다. 아무리 좋은 약도 본인이 먹어야 건강에 도움이 되듯, 좋은 말도 본인이 들어야 합니다.

자식도 내 맘 되로 안 되는데 남이야 오죽하겠습니까? 본인 꼴도 제대로 못 하면서 남의 꼴 시비하는 것은 외람된 표현이지만 "꼴값 떤다."라고 할 것입니다. 결국은 이 꼴, 저 꼴보다는 내 꼴부터 신경 써야 합니다.

봄날 호수에서
도반과 나

오랜만에 선방에서 예전에 같이 정진하시던 스님께서 은적사에 방문했습니다. 스님께서는 선방에서 정진도 잘하시고, 무문관無門關(스님들이 수행차 혼자 독방에서 하루 한 끼만 드시면서 밤낮없이 정진하는 처소)에서도 수행하셨습니다. 바리스타 스님이라는 별명처럼 원두커피도 잘 내리기로 소문난 현정 스님이십니다.

오시자마자 "주지住持 소임 보면서 수행 잘 되십니까?" 옛날에는 스님 말 한마디 한마디가 선방수좌禪房首座다웠는데, 지금은 선방수좌 모습이 점점 퇴색되었다고 저에게 질타하십니다.

아닌 게 아니라 저도 주지 소임 보면서 참선도 예전처럼 제대로 못하고 게으름에 많이 빠진 상태라 그 질책하시는 것이 싫지 않았습니다. 맛있는 저녁을 대접한 후 밤이 무르익도록 선방에서 같이 정진했던 이야기, 그동안 각자 정진했던 이야기를 하다가 잠이 들었습니다.

다음 날 아침 공양 후, 월명호수를 향해 걸었습니다. 호수에 도착하니 아직 꽃은 피지 않았지만, 나무들은 꽃물이 올라와 있었습니다. 많은 사람들이 산책하고 있었고, 호수 주변 산속 새들의 합창은 아름다웠습니다. 피톤치드가 많은 편백나무 벤치에도 앉아보았습니다.

잔잔히 흐르는 호수 그 위에 비친 아침햇살, 호수의 초록색 바탕은 그 위에 비친 햇살과 함께 은빛도 되었다 초록도 되었다 합니다. 그 주변 길을 걷는 도반과 나 그리고 도반과 함께 나누는 도담道談, 푸른납자의 향기를 뿜어내는 현정 스님까지 한 폭의 그림이 따로 없습니다. 그 속에 함께 있는 저도 수행을 열심히 하여 푸른납자가 되어야겠다고 마음을 다져봅니다.

점심 후에는 은파호수로도 향했습니다. 해 질 녘 은빛 물결이 퍼지는 모습이 아름답다 하여 은파호수라고 불리는 곳입니다. 내리치는 햇살에도 너울지는 물결에 빛이 반사되어 찬란한 빛으로 반짝였습니다.

옛날이나 요즘이나 세상 속에 사는 사람은 힘듭니다. 하늘의 흰 구름과 호수 속에 담긴 뭉게구름을 넌지시 바라보며 세상의 시끄러움에서 잠시 쉬어가시길 바랍니다.

사계절 스스로 꾸준히

방하착

한산한 오후 봄날입니다. 절 마당에는 70대 부부가 산책하고, 가끔 절 마당에 내려와 먹이를 먹는 산새들도 보입니다. 이렇게 평화로운 날 잠시 집착에 대해서 생각해 보았습니다.

비 오는 날 사형수가 사형대 계단을 한 계단, 한 계단 올라갑니다. 마지막 한 계단 남겨놓고 미끄러졌습니다. 그러면서 하는 말이 "아! 죽을 뻔했네!" 그러더랍니다.

우리는 살아봤자 백 년도 못 사는데, 천 년 만 년 살 것 같은 생각으로 삽니다. 심지어는 사형대 앞에서도 죽음에 대한 인식을 못하는 것이 우리의 모습입니다.

죽을 때 가지고 가는 것은 처자도 부모도 재산도 아닙니다. 오직 자기가 평소에 욕심을 부렸던 애착과 집착에 대한 업뿐입니다. 애착이 깊어진 것이 집착입니다. 아무리 강한 접착제도 집착보다는 약합니다.

태어난 이상 죽음을 피할 수는 없지만, 죽어서 좋은 길로 갈 수 있느냐 없느냐는 집착하느냐 집착하지 않느냐에 달려있습니다. 결국은 집착은 살아서도 문제지만 죽어서는 더 문제입니다. 집착하는 만큼 가는 길이 막히니까요!

또한, 죽음이라는 것이 몸뚱이가 죽는 것이지 마음은 죽지 않습니다. 집착 대신 집착에서 벗어나는 집중을 하십시오. 애착과 집착에 매이지 않게 말입니다. 이왕이면 불보살님을 염하는 염불에 집중하십시오. 그러면 더 좋습니다.

집착은 살아서도 독이지만 죽어서도 독입니다. 집착의 반대말은 방하착放下着(집착하는 마음을 내려놓아라 또는 마음을 편하게 가져라는 뜻)입니다. 집착에서 방하착으로 나가려면 집중해야 합니다. 집착은 욕심에 얽매이는 독이지만, 집중은 독을 제거하고 방하착으로 가게 합니다.

봄눈 속에 핀
산수유

작년 삼월에도 새벽에 일어나 보니 눈이 와 있었는데, 올해도 삼월 하순인데 눈이 와 있습니다. 봄눈이라 그런지 오후가 지나 녹더니 기왓장에 쌓인 눈이 비 오듯 흘러내리고 있습니다. 한쪽에서는 산수유가 활짝 피어있으니 겨울과 봄이 함께 만난 날입니다.

날씨가 오후가 지나도 흐릿한 날씨에다 눈이 비로 변해서 그런지 어둡습니다. 이런 날이면 우울한 분들은 가끔 과거의 추억 속에 더 잠길 수도 있습니다. 현재에 만족하지 못하면 더 그러할 것입니다. 하지만 우울함과 불안은 과거와 미래에 답이 있는 것은 아닙니다. 해결책은 현재의 안정에 있습니다.

사람의 운이라는 것이 잘 풀릴 때는 예상치도 못하게 잘 풀리지만, 안 풀리려면 뻔히 잘되던 것도 안 될 때가 있습니다. 마치 삼월 하순에 눈이 오듯이 말입니다. 그러하기에 늘 기도가 필요합니다. 기도를 잘 모르더라도 마음을 안정시키는 연습이 필요합니다. 그러면서 마음의 문을 점점 열어야 합니다.

"살다 보면 그런 거지." 하는 마음으로 다시 마음의 위안과 안정을 찾으며 미소를 잊지 않습니다. 이러한 미소가 이어질 때 운을 좋게 합니다. 좋지 않은 일은 점점 줄어들고 좋은 일은 점점 늘어날 것입니다. 누구를 탓하겠습니까? 나에게 주어진 본인의 일을 누가 해결하겠습니까? 과거의 실수와 아쉬움은 어쩔 수 없지만, 현재 주어진 시간은 다시 기회를 주는 것입니다. 현재의 기회를 잡고 못 잡고는 본인에게 달린 것이지요. 현재를 잘 만들어 가면 미래는 탄탄대로입니다.

방안의 탁한 공기는 방문을 열어야 환기가 되듯이, 마음의 우울증과 불안증은 마음을 열어야 안정된 마음으로 전환됩니다. 악몽은 잠깐 사이의 꿈이어야 하고, 길몽은 영원히 간직해야 하는 꿈이 되어야 하고, 실망은 희망으로 바꿔야 합니다. 희망은 영원히 잃어버릴 수 없는 보석입니다. 희망을 놓지 않는 한 누구나 보석의 주인공이 될 수 있습니다.

기왓장에 쌓인 눈이 빗물로 흐르고 한쪽에서는 산수유 꽃이 노랗게 피어있습니다.

평상심, 내공,
선정, 지혜

봄기운이 완연한 삼월 하순입니다. 은적사 근처 초등학교 운동장에서 뛰어놀며 소리 지르는 아이들 소리도 그저 즐겁기만 합니다. 이렇게 아이들 뛰어노는 소리와 함께 저 역시 천진한 동심의 세계에 함께 젖어봅니다. 그러면서 평상심, 내공, 선정, 지혜에 대해서 가만히 생각을 해보았습니다.

"마음이 상황에 따라 변하지 않음은 선정의 실력이며, 마음이 상황으로부터 떠나지 않음은 지혜의 작용이다."라고 대만의 성엄 선사께서 말씀하셨습니다. 참으로 지당하신 말씀입니다. 마음이 상황에 따라 변함은 마음의 중심이 흔들린다는 소리입니다. 중심이 흔들리면 상황을 이성적으로 처리하지 못하고 감정적으로만 일이 진행됩니다. 감정적으로만 진행될수록 일 처리는 점점 멀어집니다. 이러하기에 늘 흔들리지 않는 평상심이 필요합니다.

이것이 내공이고 선정입니다. 마음이 상황으로부터 떠나

지 않는 것 또한 흔들리지 않은 지혜의 작용입니다. 스포츠 선수도 최고의 선수가 되려면, 운동신경도 발달해야 하지만, 운동신경을 제대로 다룰 수 있는 내공이 필요합니다. 이러한 내공이 어떠한 상황에도 흔들림과 변함이 없는 평상심이요, 선정과 지혜의 힘인 것입니다. 이러한 평상심과 내공과 선정과 지혜는 표현이 다를 뿐 한 몸이며 탐진치와 아만에서 벗어나야 제대로 나옵니다.

봄날 아침
오솔길

산새들이 지저귀는 햇살 좋은 봄날 아침입니다. 운동 삼아 월명공원에 오른 뒤 근력 운동을 하고, 공원 뒤쪽 오솔길을 거닐어 보았습니다. 길도 여러 가지가 있지만, 숲 사이 사람의 발자취로 다듬어진 오솔길처럼 정감 가는 길도 없지요. 운동 삼아 오솔길을 걸어봅니다.

아침에 신선한 숲속의 공기와 햇살과 함께 오솔길을 걸어보니 참으로 행복합니다. 걷다 보면 심란했던 마음도 차츰차츰 내려앉고, 그러다 보면 마음도 정리가 되어갑니다.

오솔길이 아니더라도 아지랑이 피어오르는 땅 냄새와 호미와 괭이로 다듬어진 밭고랑 그리고 황토 위에 파랗게 자라고 있는 이슬에 젖은 상추와 채소 등은 주변에 피어 오르는 진달래와 함께 봄 길에 무엇보다도 신선함을 선물합니다.

물이 계곡 따라 흐르듯 사람도 물 흐르듯이 길을 걷는다면, 오솔길이 아니더라도 잠시 걷는 동안은 근심도 잠시 쉬어질 것입니다. 누구나 살다 보면 근심과 고민이 생기기 마련입니다. 그렇다고 그 근심과 고민을 해결하기 위해 재촉하면 오히려 마음만 더 힘들어질 것입니다.

물을 가스에 올려놓고 재촉한다고 물이 빨리 끓어지는 것은 아닙니다. 재촉하면 오히려 속만 더 끓어오르지요. 이렇듯 마음의 여유를 두는 연습이 필요합니다. 그중 하나가 물이 흐르듯 걸어보는 것도 좋지요. 마음이 심히 무거우면 숨을 크게 들어 마시고 길을 나서보세요.

사계절 스스로 꾸준히

인생 그림

따사로운 봄 햇살이 은적사 도량에 내리고 있습니다. 미국 공군 부대 남녀 장병들이 은적사로 봄나들이를 나와 테이블을 펼쳐놓고 그림을 그리고 있습니다.

사람들도 인생의 그림을 그립니다. 누구에게나 주어지는 생로병사生老病死라 해도 삶의 모습에 따라 각자 그림이 달라집니다. 그 삶의 모습에서 각자의 장점을 발견합니다. 그 각자의 장점을 칭찬도 하고 자랑도 합니다. 요새는 본인 광고시대라 자랑이 옛날보다 더합니다. 그러다 너무 지나치면 자화자찬自畵自讚이 되어버립니다. 이러다 습관으로 굳어지기도 합니다. 이러한 습관도 자못 자만심과 거만심으로 갈 수도 있습니다.

자랑과 칭찬이 나쁜 것은 아니지만, 자랑은 적당히 하고, 자기 계발에 힘써야 합니다. 칭찬은 남에게 힘을 주지만 본인도 힘을 받습니다. 자기 계발로 받아들이는 칭찬이 되어야 합니다. 각자의 단점도 있습니다. 병은 밖으로 알려야 한다고 했습니다. 단점도 본인이 빨리 알아차려 보완하면 자기 계발이 됩니다.

그림을 그릴 때도 처음에는 그리다 몇 번을 지우기도 합니다. 물감칠도 수없이 해봅니다. 단점은 지우개로 지우듯 하고, 장점은 자신 있게 칠하며 아름답게 그리다 보면 인생의 그림이 멋지게 완성될 것입니다.

나의 일을 찾아서

어렸을 때 같이 운동장에 뛰어놀던 친구들도 성인이 되어 직업을 가지는 것을 보면 천차만별입니다. 때로는 소득 격차라든가 위치에 따라 영향력이 약한 사람은 소외감도 느낍니다. 그중 일자리를 못 구한 청년들도 있습니다.

하늘은 쓸모없는 사람을 낳지 않습니다. 무언가 이 지구 세계에 쓸 일이 있어서 태어난 것입니다. 현재 한국사회를 보면 젊은이들이 일자리가 없다고 하지만, 힘든 일은 피하려고 해서 그런 것은 아닐까요? 정책도 정책이지만 힘든 일도 경험 삼아 해봐야겠다고 도전하는 패기, 남들이 하기 힘든 일을 천직으로 하는 분들을 존경하는 사회 분위기도 중요합니다.

쓰레기라는 것이 쓸모가 없는 것이기도 하지만, 쓰지 않아서도 쓰레기가 됩니다. 알고 보면 처음부터 쓰레기는 없었습니다. 쓰레기도 이러한데 만물의 영장인 사람이 쓸데없이 태어났겠습니까? 힘들어도 나의 일을 찾아야 합니다. 첫술에 배부를 수는 없습니다. 내 일을 찾아서 사명감을 다 할 때 모든 내일은 밝습니다. 그리고 삶의 주인공이 됩니다.

나를 찾는 기쁨

아침에 눈을 뜨면 자기에게 주어진 일이 있기에 저녁 잠들기 전까지 우리는 주어진 일을 해나갑니다. 그 주어진 일속에서도 나를 찾아보는 시간을 가져봤으면 합니다. 나를 찾는 일이 스님들의 전유물이 아닙니다.

서로 잘 지내던 사람들도 시비가 생기면 싸우기도 합니다. 그러다가 서로 화해하면서 "본의 아니게 내가 실수했네!", "내가 감정에 휘말렸어."라고 합니다. 서로 잘못 지내던 사이도 어떠한 일로 새롭게 친해지기도 합니다. 그러다 보면 상대에게 호감을 느끼기도 합니다.

스님들 화두참구 중에 "본래면목이 무엇인가?"라는 것이 있습니다. 싸우던 사람 중에 서로 화해하면서 "내가 볼 면목이 없습니다."라고 할 때 그 면목입니다. 이러하듯이 본래면목을 찾아도 내가 볼 수 있는 본래면목은 찾아지지 않습니다. 그렇습니다. 우리는 잠깐만 방심하면 감정에 치우친 내가 되어버립니다.

　실은 남에게 속은 나보다 '내 감정에 속은 나'가 더 많습니다. 이러한 감정에 속지 않는 것이 가만히 앉아서 나를 찾는 겁니다. 그러다 보면 어리석게 감정에 놀아난 나를 봅니다. 본래 지혜로운 나를 찾는 기쁨이 생깁니다.

사계절 스스로 꾸준히

부드러움과
단단함

지붕 위 기왓장에서 내리는 빗방울이 아름다운 멜로디를 만들고, 땅에 심어진 곡식도 좋아하는 봄비가 내리는 아침입니다. 안타깝게도 활짝 피어올랐던 목련 꽃잎이 비바람에 떨어져 있습니다. 떨어진 꽃이라도 꽃은 꽃이라 예쁩니다.

　이는 혀보다 단단합니다. 하지만 이는 빠져도 부드러운 혀는 빠질 수가 없습니다. 쇠는 무엇보다도 단단합니다. 하지만 부드러운 물 앞에서는 녹이 슬고 맙니다. 지금 내리는 빗물은 야무진 땅을 뚫기도 합니다. 심지어는 바위도 기왓장에 내리는 빗물에 뚫어지기도 합니다.

　자식이 말을 잘 안 듣는다고 속상해하기보다는 부모인 내가 얼마나 섬세하고 자상했나 생각해 보아야 합니다. 자식이라는 것이 부모의 눈에는 한없이 어려 보이지만, 그 자식은 어른이 되어 가고 있습니다. 마냥 어리다 무시하기보다는 지켜보며 대화를 해나가야 합니다. 본인도 자식이었을 때는 도긴개긴이었을 겁니다. 속상하더라도 부드럽게 타이르며 자식을 이끌어야 합니다. 자식은 부모가 되기 전까지는 자식 단계이지만, 부모는 자식 단계를 거쳐 부모가 된 단계입니다.

당연히 부모가 된 사람이 부드럽게 변해야 합니다. 이것이 사람의 도리입니다. 그러다 보면 자식도 야생마 같던 사춘기 시절을 넘기고 완숙한 어른의 길로 들어섭니다. 부모님이 내 마음을 몰라준다고 자식도 속상할 필요 없습니다. 부모님은 벌써 어린 시절을 거쳐 어른이 되었기에 숙달된 일꾼이 물건의 만드는 과정을 꿰뚫어 보듯 누구보다도 자식을 잘 압니다. 부모의 잔소리가 듣기 싫다고 해도 한 번 두 번 깊이 생각해보면 언젠가는 머리에서 가슴으로 전달이 됩니다.

그러다 보면 단단하게 굳고 거칠어진 마음도 부드러운 물같이 변해갑니다. 거칠게 대할수록 거칠게만 됩니다. 속상하더라도 부드럽게 대해야 부드러움 속에서 하나가 되고, 꽃처럼 활짝 피어오릅니다. 물이 서로 다른 곳에서 와 만나도 하나의 물이 되듯이 말입니다.

사계절 스스로 꾸준히

속을 보이는 것이
겉모습이다

어머님께서 작년 올해 무척 편찮으셔서 강릉 성불사를 찾았습니다. 작년에 대상포진을 앓으신 후로 몸에 두드러기가 심해졌는데 여간해서 낫지를 않습니다. 두드러기를 낫게 하려고 일주일 단식을 세 번이나 하셨다고 합니다. 여든네 살 노인이 말입니다. 안부 전화 드릴 때는 "벌써 나았다."라고 하셨지만, 사실은 여전히 편찮으셨습니다.

  어머님과 함께 공양하고 대화를 나누는 중에도 당신은 정신없이 옆으로 넘어지는 것을 자식인 승안 스님과 제가 부축해 일으켜 세워드렸습니다. 당신이 정신없이 넘어지신 것도 잘 모르셨습니다. 그런 와중에도 제가 옷을 털털하게 입고 왔다고, 옷 좀 잘 입고 다니시라고 잔소리를 하십니다. 어디까지나 자식 스님을 잘 보이게 하려는 어머님의 소망이셨습니다. 생각해보니 옷을 신경쓰지 못해 편찮으신 어머님께 심려를 끼쳐 죄송스러웠습니다.

어머님 말씀이 속을 보이는 것이 겉모습이라 하셨습니다. 가만히 생각해보니 옷 잘 입는 것, 방 청소 잘하는 것, 자기 주변 잘 가꾸는 것 등은 자기 내면 모습의 표출이었습니다. 사치나 지나친 꾸밈은 잘못된 것이지만, 단정함은 당연히 내면을 보이는 것입니다.

"예, 어머니 다음에는 더 신경을 쓰겠습니다."

부처님, 우리 어머니 오래오래 건강하게 살게 해주세요. 다시 군산으로 돌아오는 길에도 거듭 기도드렸습니다.

사계절 스스로 꾸준히

나 그리고 우리

햇빛이 제 방문에 붙여진 창호지를 통과하며 제 방을 눈부시게 비춰주는 봄날 오후입니다. 영어를 쓰는 나라에서는 엄마 아빠 할 때, 나의 엄마my mam 나의 아빠my papa 이렇게 표현합니다.

우리나라는 우리 엄마 우리 아빠 이렇게 말합니다. 이런 것을 보면 우리나라는 언어 표현에도 '우리'라는 뜻이 많이 잠재해 있는 민족입니다. 서양에서 사람을 'people', 'man' 이라고 합니다. 동양에서는 인간人間이라고 합니다. 'people', 'man'은 단수 표현이지만 인간은 단수이면서 복수표현입니다. 사람 인人자는 서로 기대어 있는 모습이고, 인간人間은 사람 사는 세계, 사람과 사람 사이라는 뜻이 내포되어 있습니다. 알고 보면 동양이 더 정밀하고 더 광범위합니다. 사람을 비롯한 모든 만물은 개인적으로는 혼자인 것 같지만, 엄연히 여럿이 함께 공존하는 우리 속에 하나입니다.

또한, 태어나자마자 여럿이 인연이 됩니다. 부모형제 그리고 살면서 더 많은 사람과 인연이 됩니다. 친구, 선배, 후배, 선생님 등 알고 보면 나라는 존재는 하나의 독립적 존재이면서 여럿이 함께 공존하는 구성요소입니다. 나만 잘사는 존재보다는 더불어 같이 잘사는 우리가 되어야 합니다.

걸림이 없는 것과
거리낌이 없는 것

불교에서는 도인을 걸림 없는 사람이라고 표현합니다. 이는 도인의 마음에는 집착이 없어서 그러한 것입니다. 이러한데 도인의 경지에 들어가지 못한 수행자가 승가의 계율과 사회적 도덕성 기준으로 어긋난 행동은 누가 봐도 지탄대상이 됩니다. 이러한 행동을 거리낌 없이 하는 것은 양심이 없는 것입니다.

양심이 없는 것과 집착이 없는 것과는 구분해야 합니다. 또 걸림이 없는 것과 거리낌이 없는 것을 구분할 수 있어야합니다. 걸림이 없이 살지는 못할망정, 양심이 없는 삶을 살아서야 불자라 할 수 없지요. 저도 잘못한 바가 많아 이 자리에서 참회합니다.

인향人香

봄바람이 꽃향기를 날리는 신선한 봄날 아침입니다. 바람
이 진달래를 만나면 진달래 향기가 되고, 백합을 만나면 백
합 향기가 되고, 목련을 만나면 목련 향기가 되고, 연꽃을
만나면 연꽃 향기가 됩니다.

꽃이라는 것이 예뻐서도 보게 되지만, 좋은 향기 때문에
보기도 합니다. 꽃이 아무리 예뻐도 향기가 없는 꽃은 벌과
나비가 가까이 하지 않습니다. 아무리 예쁜 조화라 해도 벌
과 나비가 붙어 있는 것을 본 적이 없습니다.

이러하듯 사람도 아름다운 향기를 지닌 분들이 있습니
다. 소리 없이 선행하고, 늘 온화한 미소를 지니신 분들입니
다. 때로는 바람이 꽃향기를 전달하고, 혼탁한 방 안 공기를
정화하듯이 상대의 장점을 들어 내주고, 허물을 덮어주며
상대에게 힘을 주는 분들은 아름다운 향기를 지닌 분들입
니다.

사계절 스스로 꾸준히

꽃향기를 전달하는 바람은 멈추면 없어지지만, 아름다운 향기를 지닌 인품은 늘 보고 싶은 사람이 되어 생각만 해도 좋은 향기가 납니다. 아름다운 꽃향기를 잊지 못하듯이 말입니다.

나를
섬기는 일

언제나 어디서나 내가 내 몸을 건강하게 하는 일이 아버지 어머니를 잘 섬기는 것이고, 하나님이나 부처님을 잘 섬기는 것입니다. 언제 어디서나 내가 내 마음을 편안하게 하는 것이 아버지 어머니를 잘 섬기는 것이고, 하나님이나 부처님을 잘 섬기는 것입니다.

아시다시피 자식이 병을 앓으면, 아버지 어머니도 병 없이 병을 앓고 하나님도 부처님도 병 없이 병을 앓게 됩니다. 자식이 괴로워하면 아버지 어머니 하나님 부처님도 괴로워하기 때문입니다. 부모님은 눈에 보이는 하나님이나 부처님이고, 하나님이나 부처님은 눈에 보이지 않는 부모님입니다.

그래서 우리들의 존재는 언제 어디에 있던 보이지는 않아도 소중한 사람입니다. 그리고 내 몸 내 마음 잘 다스리는 것이 효도입니다.

본래 없던 것

초파일 행사 준비하느라 거사님들은 절 마당에 연등 설치 봉사활동을 하시고, 보살님들은 스님들과 불자님들에게 점심 공양을 올리시느라 복福을 짓고 있습니다.

절 근처 초등학교 운동장엔 아이들이 뛰어놀고 있습니다. 아이들이 뛰어놀며 소리 지르는 함성은 마치 화사한 봄날 봄꽃이 앞다퉈 피는 모습과도 같습니다. 이래서 늘 봄날 같기만 하라고 하나 봅니다.

파도 소리와 함께 밀물과 썰물이 왔다 갔다 하듯이 우리도 인연 따라 왔다가 인연 따라갑니다. 우리 사는 모습을 보면 빈손으로 태어나서 많고 적은 일을 겪으며 많고 적은 것을 이루지만, 갈 때는 빈손으로 갑니다. 가만히 생각해보면 우리가 가졌던 재물은 본래 나에게 있었던 것이 아니었습니다. 명예 또한 그렇습니다. 타고난 복福과 성실성誠實性과 운運에 따라 차이는 있지만, 결국은 모두 빈손으로 갑니다.

그래도 자기가 닦은 성품과 내생에 받을 복은 엄연히 존재합니다. 물질과 명예는 본래 없던 것입니다. 이것에 집착하기보다 자기를 닦고 내생을 위하여 복을 짓는 것이 낫습니다.

풍류와 수행

계절의 여왕 오월 중순, 오늘은 불교대학 소풍날입니다. 장소는 청양에 있는 장곡사입니다. 이곳은 은적사에서는 1시간 30분 정도의 거리로 유서 깊은 사찰입니다. 옛날이나 지금이나 좋은 분들하고 같이 가는 소풍처럼 즐거운 일도 없습니다.

청양으로 가는 풍경은 마치 존 덴버의 'Take Me Home Country Road' 팝송과 같았습니다. 신록이 무르익은 도로에서 창문 밖으로 바람의 신선함을 만끽하며 운전해본 사람은 이런 것들이 얼마나 상쾌하고 즐거운지를 알 것입니다.

서해안 고속도로를 따라가다 보면, 장곡사 가는 시골길이 나오는데 자연 상태가 잘 보존되어 그동안 맘속에 숨어 있던 풍류가 되살아납니다. 옛날 선조들의 시時와 풍류風流가 현대보다 더 깊은 맛을 주는 이유는 태고의 자연이 살아 있었고 그 속에서 사람들이 자연과 하나 되어 살았기 때문일 것입니다.

수행도 그렇습니다. 물질문명으로 발달된 편리함이 고난을 요하는 수행 입장에서는 오히려 퇴보를 가져다줍니다. 그리고 사람의 인내력도 약하게 만듭니다. 물질 풍요 속 정신 빈곤이라고 할까요.

장곡사에 도착해서 예불을 드린 후 장곡사 경내를 둘러보았습니다. 말 그대로 장곡사長谷寺였습니다. 계곡이 길게 늘어진 자연경관 속의 사찰, 수려함이 이만저만이 아니었습니다. 장곡사는 상대웅전과 하대웅전이 있는데, 상대웅전 담장 밖에 있는 커다란 아름드리나무가 장대하게 버티고 있었습니다. 마치 장곡사의 역사를 말해주는 듯했습니다. 장곡사 가는 길은 풍류를 부르고, 웅장한 장곡사는 수행을 부릅니다.

한치 앞도
모르는 인생

봄비가 새벽부터 주룩주룩 내리더니 오후 점심때가 지나 그쳤습니다. 비 온 후에 어두운 날이라 안개가 피어났습니다.

옛날 어른들 말씀이 사람에게 대운이 세 번은 찾아온다고 합니다. 이러한 운이 와도 성취를 못하는 사람들이 있습니다. 운이 온 것도 모르는 예도 있고, 잠시 소홀한 마음에 노력의 부실로 잡지 못하는 예도 있고, 안타깝게도 노력은 했으나 끝까지 가지 못한 예도 있습니다.

삶이란 영원한 학습과도 같습니다. 이렇게 학습을 하고 그중에 아무리 많이 안다고 하는 사람도 내일 일은커녕 한치 앞도 모르는 게 삶입니다.

서울에 어느 유명한 점쟁이가 있었답니다. 그 점쟁이가 하도 용해서 어느 분이 그 점쟁이에게 물어보았답니다.

"당신의 수명은 얼마나 됩니까?"

"저는 아흔 살은 넘길 것 같습니다" 그러더랍니다. 그런데 이러한 대화를 하고 나서 얼마 후 그 점쟁이는 여름날 냉면을 먹다가 목에 얹혀 돌아가셨다고 합니다. 나이는 60대 초반이었다고 합니다.

한 치 앞을 모르는 게 인생입니다. 지금처럼 안개 낀 날 미지의 안갯길을 걸어가듯이 운이 언제올지 모릅니다. 운도 결국은 노력 여하에 따라 성공으로 이룰 수 있는 것입니다.

사계절 스스로 꾸준히

한반도의
아름다운 봄날

오늘은 남북한 정상회담이 판문점 평화의집에서 열리는 날이며 불교계에서는 국태민안國泰民安을 바라는 마음으로 금강경독송회가 서울 광화문광장에서 진행되는 날입니다. 일부러 이 날짜에 금강경독송회를 잡은 것이 아닌데 정상회담이 같은 날에 이루어지게 되었습니다.

은적사에서도 금강경독송회를 위해 서울로 갔습니다. 관광버스에 몸을 싣고 문재인 대통령과 김정은 국무위원장의 만남을 TV로 시청했습니다. 환송을 받으며 군사분계선에 도착해 김정은 위원장을 기다리는 문재인 대통령, 그 뒤 북측 군사분계선 판문점에서 문을 열고 내려오는 김정은 국무위원장 그리고 군사분계선에서의 만남이 이루어졌습니다. 다정하게 손을 잡고 잠깐이지만 문재인 대통령 월북 모습을 보며 관광버스 안에서는 환성이 울려 퍼졌습니다.

11년 만의 정상회담에서 두 정상은 종전 및 비핵화 등의 내용이 담긴 공동선언문을 발표했습니다. 그 모습이 너무나 감격스러웠습니다. 1950년 6월 25일 6·25전쟁 그리고 1953년 7월 27일 휴전협정 이후 현 2018년까지 65년간의 휴전에 마침표를 찍는 정상회담이었습니다.

버스에 내려 광화문광장에 모인 우리는 오늘의 정상회담이 이루어진 것에 힘을 보태어 하루빨리 통일의 날이 오길 바라는 간절한 마음을 실어 금강경을 독송했습니다. 오늘은 어느 때보다도 한반도의 아름다운 봄날이었습니다. 이 약속이 잘 이뤄져서 한마음 한뜻으로 평화롭게 날로 부국강병富國强兵 하는 대한민국이 되기를 기원합니다.

봄의
신록처럼

신록이 무르익어가는 사월의 마지막 날입니다. 이맘때가 되면 연녹색으로 꾸며진 숲이 얼마나 예쁜지 모르겠습니다. 가을 단풍이 화려함의 미美라면 봄의 신록은 화사함의 미입니다.

요 며칠 초파일 행사 준비하느라 은적사도 무척 바쁘기만 합니다. 초파일 행사를 위한 봉사 속에 화기애애한 모습은 사월의 화사한 신록과도 같습니다. 이러한 화사한 마음을 사회 속에 넓혀 심어보았으면 합니다.

새벽에 여는 시장에서 생선 장수는 얼마나 많이 팔까보다는 손님들에게 싱싱한 생선을 드시게 하고 싶다는 마음을 먹으면, 그 마음이 예수님과 부처님 마음이요. 이왕에 생선 사는 것 기분 좋게 사주려는 손님 또한 부처님과 예수님입니다.

식당 주인도 손님들에게 어떻게 하면 맛있는 음식을 대

접할까 하는 마음은 예수님과 부처님 마음입니다. 손님도 "맛있게 잘 먹었습니다." 하면 그 손님은 그 자리를 화기애애하게 만드는 부처님과 예수님입니다.

환경미화원분들도 지나가시는 분들이 깨끗한 길을 기분 좋게 거닐기를 바란다면 그 마음이 예수님과 부처님 마음입니다. 환경미화원님들의 빗자루로 그려진 깨끗한 거리를 걷는 사람들도 그분들의 고마움을 느끼며 길을 간다면 마냥 즐거울 것입니다.

모두가 이런 생활을 한다면 종교가 필요하겠습니까? 우리가 부처님과 예수님 마음을 실천하면 부처님과 예수님을 보여주는 것이 됩니다.

즐거운 산책

온갖 꽃들이 만발하는 사월, 나도 모르게 꽃에 취해 버립니다. 봄바람이 꽃을 흔들고 꽃향기를 날리다 보면 신선神仙도 부럽지 않습니다. 꽃은 바라보라고 한 적도 없는데 그냥 눈이 꽃으로 가버립니다. 그러다 보면 미소 짓는 내 얼굴도 꽃이 됩니다.

때로는 내 방문이 열려진 사이에 산새들이 찾아옵니다. 서로 눈을 마주치면 산새들은 훨훨 날아가 버립니다. 이 산새들 또한 내방 뒷동산 이웃이 되었습니다. 이래서 사월은 아름답습니다.

시간 가는 줄 모르고 사월을 즐기다 보면 늘 푸른 오월이 찾아옵니다. 이때도 어김없이 온갖 꽃이 두루 피고 산새들이 지저귀며 꿩도 가끔 내려와 절 마당을 거닐며 산책합니다. 이렇게 아름다워 오월을 계절의 여왕이라고 부른 것 같습니다.

은적사 뒤 월명산을 향해 산책을 시작하면 늘 푸른 숲이 이어져 눈도 즐겁고 기분도 이만저만이 아닙니다. 숲길을 한적하게 걷다 보면 아름다운 호수가 나를 기다리고 있습니다. 호수가 꽤 넓으나 워낙 아름다워 다리 아픈 줄도 모릅니다.

즐거운 산책을 하고 내방에 돌아와 수잔 잭슨Susan Jackson의 팝송을 감상해 봅니다. 아름다운 봄, 늘 푸른 오월입니다.

사계절 스스로 꾸준히

오월 봄날
저녁

밤이 깊어진 오월입니다. 새벽에 일어나 예불을 시작으로 이것 조금, 저것 조금 하다 보면 아무것도 한 것 없이 시간이 지나가 버리기도 합니다. 나이를 먹을수록 시간은 빨리 가지만, 시간의 무게는 점점 가중됨을 느낍니다.

때로는 거울 앞에 서서 점점 늘어나는 주름살과 흰 머리카락, 흰 수염을 보면서 나이 들어 늙어가는 것은 어쩔 수 없는 일이지만, 이왕이면 멋있게 나이 들어가자고 다짐도 해봅니다.

세상에 걸림 없이 사시는 분들이란 속상한 일이 없이 사는 것이 아니라, 속상한 일이 있어도 훌훌 털어버리고 사시는 분들입니다.

봄날에 보이는 신록과 꽃나무는 아침 점심 햇살과 더불어 더욱 빛나지만, 가을의 단풍은 석양과 황혼을 더불어 더욱 아름답습니다. 마음을 곱게 쓰고 수행과 수양을 잘하면,

단풍이 석양과 황혼을 만나듯 나이 먹을수록 멋이 나올 겁니다. 오늘은 푹 자고 내일의 신록을 맞이하겠습니다.

튤립 화분

며칠 전 우리 절 보살님의 일곱 살짜리 손자가 어버이날이라고 하여 카네이션 대신 한 송이 튤립 화분을 저에게 선물했습니다. 본래 집은 인천인데, 할아버지 할머니 집에 놀러 왔다가 제가 보고 싶어서 온 것입니다.

저는 튤립 선물을 받고, 아이를 번쩍 들어서 꼭 끌어안은 후, "건강하게 잘 커." 하고 축원祝願을 해주었습니다. 비 오는 날 튤립을 바깥에 내놓으면서, 귀여운 아이가 튤립처럼 밝고 예쁘게 자라기를 바랐습니다.

효도는 사대성인四大聖人들도 기본적으로 말씀하셨습니다. 부처님은 부모은중경父母恩重經을 설하며 부모님에 대한 효도를 설하셨습니다. 공자는 효도를 하는 것에도 다 때가 있다고 말씀하셨습니다. 소크라테스는 효도를 모르는 사람은 인생의 첫걸음을 모르는 사람이라고 하셨습니다. 예수님께서는 십계명 다섯 번째에서 부모님께 효도하라고 하셨습니다.

그렇습니다. 모든 일 중 우선으로 해야 할 일은 효도입니다. 효도가 저절로 되는 집은 가정도 저절로 화목하게 됩니다. 가화만사성家和萬事成이라는 말도 효도가 되면 저절로 됩니다. 효도는 부모님을 위해서 하기도 하지만, 본인 마음을 편안하고 즐겁게 하기 위해서도 하는 겁니다.

수처작주
입처개진

봄바람이 살랑살랑 불더니 점점 더워지는 오월 중순입니다. 점점 불자들이 노령화되고 줄어드는 것을 보며 저를 포함한 많은 스님들이 고민도 하고 반성을 해봅니다.

초파일이 다가오면 봉축 법회를 비롯한 행사에 어떻게든 불자님들과 함께하고자 해도 뜻대로 잘 안 되는 게 현실입니다. 각자 바쁘기도 하지만 물질문명의 발달로 세상을 손바닥 안 스마트폰으로 보는 세상이다 보니 종교의 중요성은 점점 줄어들고 있습니다. 그런 반면 포교 방법은 시대에 적응하지 못하고 뒤쳐져 불교 또한 정체기에 들어선 것 같습니다.

예전에는 가난한 삶 속에서도 밤낮없이 정진하시는 스님들이 많았던 반면, 요사이 물질적 풍요 속에 길들어져 수행이 게을러지는 것을 보면 저부터 반성해야 할 부분입니다. 그래도 여전히 밤낮없이 수행하시는 스님들께는 경의를 표

봄   245

합니다.

이럴 때일수록 스님들은 인천人天의 스승다운 모습으로서 기상을 세워야 하고, 불자님들은 신심을 더욱 발휘해야 합니다. 그리고 고쳐야 할 불교의 현재 모습을 인정하고, 토론하여 발전 방향을 찾아야 합니다.

중국 선사禪師 중에 임제 스님의 수처작주隨處作主 입처개진立處皆眞이라는 법문이 있습니다. "가는 곳마다 주인이 되면, 그 자리가 모두 진리이다."라는 뜻입니다. 사람과 사람이 만나 서로 어울려 살다 보면, 맡은 바 최선을 다하는 주인처럼 사는 사람이 있고, 그냥 지나가는 손님처럼 사는 사람이 있습니다. 무슨 일이고 주인의식이 필요합니다. 그래야 인간으로서 참다운 인생길을 가는 겁니다.

사계절 스스로 꾸준히

사섭법과
인생성공법

부처님께서는 설한 설법 중에 사섭법四攝法이 있습니다. 사섭법은 네 가지 받아들여야 할 덕목을 말합니다.

그 덕목의 첫 번째는 애어섭愛語攝으로 말은 예쁘게 하라는 말씀입니다. 옛 속담에도 말 한마디로 천 냥 빚을 갚는다는 말이 있습니다. 말을 예쁘게 하는 것이 좋으며, 조심 중에 말조심이 최고라고 합니다. 물건은 떨어지면 주워 담을 수 있지만, 말은 한 번 내뱉으면 주워 담을 수 없습니다.

두 번째는 보시섭布施攝입니다. 보시는 베푸는 것입니다. 베풂은 베푸는 사람도 즐겁고 그 베풂을 받는 사람도 즐거우며 복은 심고 욕심은 줄어들게 합니다. 누구나 자기 것을 아까워하지 않는 사람은 없을 겁니다. 베풀다 보면 아까웠던 것도 아깝지 않게 됩니다. 베푼 것으로써 욕심 대신 기쁨으로 채워지니까요. 이러하기에 인생성공법과 같습니다.

세 번째는 이행섭利行攝입니다. 이행섭은 행동을 이롭게

하는 것입니다. 애어섭도 좋은 행동이요, 보시섭도 좋은 행동입니다. 행동을 이롭게 하는 것은 바로 인생성공의 길로 가는 겁니다.

마지막 사섭법은 동사섭同事攝을 말합니다. 동사섭은 늘 같이하는 것을 말합니다. 사람은 남의 비위를 맞추려고 태어난 사람은 없습니다. 비위라 말하니 무슨 아부나 하는 것을 말하는 것 같지만 그런 뜻이 아닌 협심, 조화를 말하는 것입니다. 사장이 종업원 비위를 잘 맞추면, 아무래도 생산성이 오릅니다. 종업원이 사장 비위를 잘 맞추면, 월급이 오를 수도 있고, 진급도 빠를 수도 있습니다. 이러한 것이 동사섭입니다. 운동도 마찬가지입니다. 탁구를 하더라도 탁구채와 탁구공과 마음을 맞추어야 잘 칠 수 있습니다. 골프도 골프채와 골프공과 마음이 잘 맞아야 공을 구멍 속에 잘 집어넣을 수 있습니다. 합창도 하모니가 잘 되면 아름다움을 발휘합니다. 서로를 잘 맞추는 것은 호흡과 박자를 잘 맞추는 것입니다. 호흡과 박자를 잘 맞추어야 신간이 편합니다. 이것 또한 합창의 동사섭입니다.

사섭법은 남을 위한 것이 아닌 자기를 위한 인생의 성공법입니다.

괜찮아유

부처님오신날 법회 행사를 치르고 이틀이 지난 아침입니다. 해마다 신도회장님을 비롯한 신도님들이 한마음으로 초파일 행사를 치르고 나면 피곤은 하지만 흐뭇하고 즐겁습니다. 아침 일찍 목욕을 다녀와 은적사 앞마당에 이르니 신도님이신 민수 할머니께서 화단에 꽃을 심고 계십니다.

"스님, 제가 허락 없이 스님 화단을 가꿉니다."

저는 충청도 말투로 "알았슈, 괜찮아유!"라고 말하며 고마음의 답례를 합니다. 이 짧은 대화 속에 저와 민수 할머니의 얼굴에는 흐뭇한 미소가 남겨집니다. 화단은 예쁜 꽃으로 장식되고, 민수 할머니와 저의 얼굴에는 함박꽃 미소가 장식되는 싱그러운 아침입니다.

일과 도

하고 싶어도 하지 말아야 할 일은

욕심慾心을 제거하는 도道가 되고,

하기 싫어도 해야 할 일은

인욕忍辱을 하는 도道가 되고,

할 수 있는 일을 여건이 안돼 못하게 되면

'아직 인연이 안 되는구나!'를 알게 하며

힘은 들어도 그저 즐거운 일은

일과 함께한 행복의 도道가 됩니다.

무엇보다 중요한 것은 일을 일이라고 생각하면

그저 짐이 되지만,

일이 그저 삶이려니 하면,

일과 도道와 삶은 그저 하나입니다.

사계절 스스로 꾸준히

현재에
깨어있다는 것

예전에는 잘 살던 사람이 현재는 어려운 생활을 하는 분도 계시고, 현재에는 잘 살지만, 예전에는 어려웠던 사람들도 있습니다. 다 그렇지는 않지만, 전자의 상황에 계신 분 중에는 "예전에는 내가 어떠했는데." 해가며 주로 본인이 잘 나가던 시절을 생각하고 현실을 직시하지 못하는 경우가 있습니다. 그와 반대로 예전에 잘 살았던, 못 살았던 지금의 현실을 잘 받아들이고 열심히 사시는 분들도 계시지요.

　제가 아는 거사님이 사업체를 다섯 개 정도 운영하시다 경기가 좋지 않아 모든 사업을 쉬게 되었습니다. 거사님은 요즘 아침 6시에 기상하여 운동을 하고 일손이 부족한 농가에 가서 모내기 아르바이트를 하고 계신답니다.

　"예전에 잘 살 때 생각하면, 모내기 하기가 힘들텐데요?"

　"아닌 게 아니라 수백 명씩 종업원 거느릴 때 생각하면 그런 생각도 드는데요. 나쁜 일 아니면 무슨 일이든 즐거운 마음으로 대하니 편합니다."

그렇습니다. '내가 예전에는 어떠했는데 라는 마음보다 지금이 어때서'라는 마음으로 열심히 사는 게 중요합니다. 물질의 변동에도 마음이 동요하지 않는 것이 성인의 경지인지라 우리에게는 어려운 일이지만, 물질에 매이는 고통처럼 어리석은 일은 없습니다.

또 승승장구만 하면 거만만 쌓일 뿐입니다. 중요한 것은 현실을 직시하여 현재에 깨어 있는 것입니다.

그때 참을 걸

오늘은 유월 달력을 넘기기 하루 전입니다. 벌써 올해도 반이 가버립니다. 무얼 했는지도 모르게 시간 가는 줄도 모르고 살다가도 새삼 지난 일들을 생각하다 보면 후회되는 일들이 가장 먼저 떠오릅니다. 그리고 그중에 가장 많은 후회를 하며 생각하는 문장은 '그때 참을 걸'입니다.

화와 위협으로 상대를 제압한다면, 언젠가는 화와 위협이 도로 나에게 옵니다. 때로는 상대를 얕잡아 봤다가 바로 혼쭐나기도 하지요. 쓸데없이 성질을 부리는 것을 줄일 수만 있다면, 필요 없는 근심은 저절로 줄어듭니다. 성질을 내서 자기를 내세우는 것보다는 덕德으로 상대가 우러러볼 수 있는 사람이 되어야 합니다.

나이 들어 마지못해 예우를 받는 사람과 어른답게 예우받는 사람의 차이는 인욕忍辱이라는 두 글자에 달려있습니다. 쓸데없는 화가 자기를 망친다는 말을 해 드리고 싶은 것입니다. 참을 줄 아는 것은 성질이 없어서가 아니라, 성질을 다스릴 줄 아는 것입니다. 참다 보면 지혜도 생기고 더불어 덕도 쌓일 수밖에 없습니다.

흙탕물이 가라앉아야 맑은 물이 되듯, 화가 가라앉아야 지혜가 생깁니다. 지혜로운 행동이 바로 덕입니다. 이러하기에 한 번 참는 것이 오랜 세월 즐겁게 살 방도입니다.

인연 닿는 분들에게
도움이 되는 글이었으면 합니다

출가한 지 스무 해를 훌쩍 뛰어넘어 이제 중반을 넘기려고 하는데 시주님들로부터 시은施恩(은혜를 베풂)만 많이 입고 뭐 하나 제대로 해 놓은 것이 없습니다.

글 쓰는 전문가도 아니고 잘 쓴 글도 아닙니다. 그저 인연 닿는 분들에게 도움이 되는 글이었으면 하는 바람으로 책을 내었고 이번에 조금 더 다듬어 재간행하게 되었습니다.

불필요한 글이 있었다면 조언을 해주시면 배우겠습니다. 마지막으로 이 책을 나오도록 해주신 파스 요법의 창시자 남산 스님과 정다운병원 이사이신 함인구 선생님을 비롯하여 물심양면으로 도움을 주신 은적사 신도회장 김희옥(묘덕행 보살님), 박매자(서명주 보살님), 최정식(선도 거사님), 김귀동(보우 거사님), 김소희(혜심 보살님), 노수덕(보현심 보살님)님께 감사드립니다. 무엇보다도 우리 절 은적사 신도님들께 감사드립니다.

또한, 좋은 책이 나오도록 편집과 감수를 해주신 승안 스님과 전균녀(상서화 보살님)님 그리고 출판사에게 감사의 인사를 드리며 이 책을 마무리하고자 합니다. 모두 건강하시고 늘 좋은 날 되세요.

은적사에서

석초 합장

사계절 스스로 꾸준히

개정판 1쇄 발행 | 2019년 3월 15일

지은이	석초 스님
펴낸이	이정하
디자인	정제소

펴낸곳	스토리닷
주소	서울시 서초구 방배동 934-3 203호
전화	010-8936-6618
팩스	0505-116-6618
ISBN	979-11-88613-08-3 (03810)

홈페이지	http://blog.naver.com/storydot
SNS	www.facebook.com/storydot12
전자우편	storydot@naver.com
출판등록	2013. 09. 12 제2013-000162

스토리닷은 독자 여러분과 함께합니다.
책에 대한 의견이나 출간에 관심 있으신 분은 언제라도 연락주세요. 반갑게 맞이하겠습니다.